O ROMANCE INACABADO DE SOFIA STERN

RONALDO WROBEL

O ROMANCE INACABADO DE SOFIA STERN

1ª edição

EDITORA RECORD
RIO DE JANEIRO • SÃO PAULO
2016

CIP-BRASIL. CATALOGAÇÃO NA PUBLICAÇÃO
SINDICATO NACIONAL DOS EDITORES DE LIVROS, RJ

W941r
Wrobel, Ronaldo
O romance inacabado de Sofia Stern / Ronaldo Wrobel. – 1ª ed. – Rio de Janeiro: Record, 2016.

ISBN 978-85-01-10749-7

1. Romance brasileiro. I. Título.

16-30003
CDD: 869.93
CDU: 821.134.3(81)-3

Copyright © Ronaldo Wrobel, 2016

Os versos de Heinrich Heine foram extraídos do livro *Heine Hein? – Poeta dos contrários*, de André Vallias (Editora Perspectiva, 2011).

Todos os direitos reservados. Proibida a reprodução, armazenamento ou transmissão de partes deste livro, através de quaisquer meios, sem prévia autorização por escrito.

Texto revisado segundo o novo Acordo Ortográfico da Língua Portuguesa.

Direitos exclusivos desta edição reservados pela
EDITORA RECORD LTDA.
Rua Argentina, 171 – Rio de Janeiro, RJ – 20921-380 – Tel.: (21) 2585-2000.

Impresso no Brasil

ISBN 978-85-01-10749-7

Seja um leitor preferencial Record.
Cadastre-se e receba informações sobre nossos lançamentos e nossas promoções.

EDITORA AFILIADA

Atendimento e venda direta ao leitor:
mdireto@record.com.br ou (21) 2585-2002.

Capítulo 1

Alemanha, 2008

Julia Kaufmann estacionou o carro em frente ao canteiro de obras e foi recebida com preocupação pelo engenheiro-chefe. Calçando galochas, cumprimentou quatro policiais e os convidados para testemunhar a abertura do bunker: um historiador, uma arqueóloga e um representante do Ministério Público. O uso de explosivos fora autorizado porque não havia maçarico capaz de arrombar a porta da estrutura descoberta durante a construção de um supermercado em Hamburgo.

Outra relíquia vinha à tona. Meses antes, crianças brincavam numa praia dinamarquesa quando tropeçaram num bunker nazista com móveis, livros e até comida enlatada. Tesouros como aquele eram disputados por museus e universidades do mundo inteiro.

O achado em Hamburgo já atiçava polêmicas. Tabloides falavam em toneladas de ouro estocado e fotógrafos acampavam em prédios vizinhos para registrar a abertura do bunker. Julia Kaufmann proibira a presença de jornalistas por motivos de segurança. Era uma juíza apaixonada, dessas que revisitam necrotérios e prisões até desvendar a verdade. Veteranos do tribunal atribuíam à pouca idade seus rigores éticos — todos podem sonhar até os trinta anos. Só que Julia tinha trinta e dois.

A explosão espalhou lama e poeira em torno do cubo de concreto armado. O primeiro a entrar foi um perito em armas da polícia. Usando uma máscara de acrílico e uma lanterna acoplada a um capacete, examinou o local com um sensor eletrônico. Julia entrou em seguida.

O recinto tinha uns vinte metros quadrados. Crostas de mofo recobriam caixas de madeira e arquivos espalhados pelo chão. Julia pisou num dossiê com uma suástica na capa. Agachada, folheou contratos e uma planilha em marcos do Reich nazista. Papéis timbrados mostravam o nome de um banco bastante conhecido na cidade.

Julia imaginou as consequências da descoberta e sentiu um arrepio. Viveria na mira de repórteres e fotógrafos, dedicada a processos de alta complexidade. Deixou o bunker, espanou a poeira do terno de *tweed* e determinou o encaminhamento dos arquivos históricos para um cofre do tribunal. Ansioso, o engenheiro-chefe perguntou quando as obras seriam liberadas.

— Não se preocupe — respondeu a juíza. — Seu supermercado vai ficar pronto antes das minhas sentenças.

Capítulo 2

Brasil, 2013

Abri a porta de casa esperando encontrar minha avó Sofia diante da televisão de 55 polegadas que havíamos comprado outro dia. Provavelmente ela estaria fumando um cigarro enquanto esposas traídas e filhos bastardos choravam rancores na novela das nove. Depois da novela, faríamos um lanche frugal. Morávamos numa das poucas casas restantes na Rua Cinco de Julho, em Copacabana, uma joia *art déco* cercada de prédios altos. A fachada em pó de pedra embutia a varandinha onde vovó espairecia há setenta anos. Móveis sóbrios, cortinas pesadas, *parquet* bicolor: cada coisa tinha seu lugar, sua história, seu porquê — daí meu susto ao deparar com a cena. Vovó não usava uma de suas camisolas insossas, mas um vestido de veludo preto com um broche prateado no ombro. Brincos, anéis e batom vermelho completavam o figurino.

— Aonde você vai assim?

— Vou me divertir — respondeu com um copo de uísque. — *Cheers!*

— Você nunca bebeu!

Ela esvaziou o copo num trago:

— Que horas são? Estou atrasada.

— Atrasada para quê?

— Já disse: vou me divertir.

— Está louca, vovó?!

Consegui sentá-la na poltrona:

— Você não vai a lugar nenhum! Tire essas joias!

Ela me olhou com uma jovialidade estranha. Pensei em lhe dar um calmante, mas tive medo de misturar remédio com álcool. Segurei suas mãos:

— Que roupa é essa? O que está acontecendo, vovó?

Ela tentou se livrar de mim com impaciência. Até sua voz estava diferente, as faces coradas com ruge e lápis preto nas pálpebras. Improvisei uma prece com medo de possessão demoníaca.

Vovó costumava dizer que o medo ensina qualquer um a rezar, lição aprendida com o pai, combatente alemão na Primeira Guerra Mundial. Milhões de soldados ali rezaram pela primeira e última vez enquanto a morte lançava dardos nas trincheiras da Frente Ocidental. Rezaram matando, rezaram morrendo, rezaram para continuar rezando.

Mas eu não estava tão surpreso assim. Vovó andava esquisita ultimamente. Confundia nomes, esquecia coisas, deixava a janela aberta, a luz acesa, interrompia frases. Já não atendia ao telefone e expulsava visitas. Às vezes tagarelava em alemão ou contava piadas que não eram de seu feitio. Outro dia conseguira se perder na rua onde morava há setenta anos. No último aniversário, recusara-se a soprar as velas:

— Sofia morreu.

— Você está vivíssima, vovó! Que história é essa?

— Hoje não é meu aniversário.

— Como não?

E contou a seguinte história:

1918. Estertores da Primeira Guerra Mundial. Meu bisavô Walter Stern convalescia num hospital militar em Bruxelas, com as córneas queimadas pelo terrível gás mostarda e o corpo tomado de bolhas. Sua certidão de óbito já estava preenchida, faltava datar. O problema é que Walter, em vez de morrer, preferia apalpar a bela enfermeira que lhe trocava as ataduras.

Habituada a audácias derradeiras, a enfermeira deixou o moribundo tocá-la. Muitos soldados morriam em seus braços, na intenção do pecado que iam consumar noutro mundo. Walter seria apenas mais um — caso se dignasse a morrer, naturalmente. A questão preocupava os médicos porque faltavam leitos no hospital e vários pacientes sabotavam a cura para evitar o front daquela guerra virtualmente perdida.

Já que as unções do capelão eram inúteis, a enfermeira resolveu exauri-lo com afagos provocantes, duvidando de que o miserável funcionasse. Pois funcionou muito bem. Fizeram o que fizeram por três madrugadas, sem abafar os instintos porque todos gemiam naquele purgatório, à exceção de um cabo austríaco que meditava em silêncio, também cegado pelo gás mostarda. Seu nome: Adolf Hitler.

Um dia Walter acordou febril e pegou a mão da enfermeira:

— As pessoas sabem quando vão morrer. Faça amor comigo pela última vez e vá datar a certidão de óbito.

— E se você não morrer?

— Se eu não morrer, escolha o castigo.

A enfermeira honrou sua parte; Walter, não. Em 1919, matriculou-se numa escola para cegos em Hamburgo enquanto a gripe espanhola dizimava meio mundo e carroceiros polvilhavam cal em covas coletivas. Na contramão da vida, um cesto aguardava Walter Stern à porta de casa, anexado ao bilhete que chocou sua senhoria: "O castigo se chama Sofia." Rechonchudo, o bebê mordiscava uma certidão de óbito inacabada.

O batismo foi improvisado por um padre católico que rasurou livros e registrou a menina como filha do judeu Walter Stern com uma defunta cristã. Para todos os efeitos, Sofia tinha sangue mestiço: meio judeu, meio católico.

Mamou na cidade inteira. Amiga do pai, uma cafetina de St. Pauli convocou um mutirão de peitos para acudir a menina. Aos dois anos, suas bonecas padeciam de sífilis e abortos malsinados porque essas foram as primeiras palavras que aprendeu a pronunciar. Nunca saberia o nome da mãe nem a data de seu nascimento.

Dificilmente ela falava da juventude. Sabíamos que havia escapado do nazismo às vésperas da Segunda Guerra e atracado no Brasil em dezembro de 1938, com dezenove anos e um visto turístico emitido pelo consulado brasileiro em Hamburgo. Meu falecido avô gostava de descrever o encontro inesperado no cais da Praça Mauá e o êxtase com o qual compreendeu ter encontrado o amor de sua vida, de quem sabia apenas o nome e a idade. Morreria sem saber muito mais que isso. Certa vez vovó disse que sua vida daria um livro a ser escrito por mim porque somente eu merecia saber "a verdade". Qual verdade?

Éramos únicos um para o outro: ela não tinha mais netos, nem eu mais avós. Até nos momentos triviais era uma dama, fosse chamando um táxi ou esperando o elevador. Sempre admirei sua discrição, o zelo pela aparência, os cabelos brancos, os olhos azuis. Mal conversávamos porque nossos silêncios já conversavam entre si e não gostavam de ser interrompidos. O preço disso era um afeto desinformado.

Minha mãe ficava abismada: nada de parques e circos. Passei a infância brincando na varanda onde vovó acendia um cigarro no outro. Eu adorava as penumbras da casa, suas cores esmaecidas, seus cheiros cansados, sua *Enciclopédia Britânica* ensinando tudo sobre pintores impressionistas, bomba atômica, Bucareste e o Teorema de Pitágoras. Vovó me bastava. Quando completei dez anos, a única criança na festa era a filha da empregada. Minha mãe já telefonava para a escola ao descobrir uma pilha de convites intactos na lata de lixo.

— Ronaldo é antissocial — esbravejou.

— Nunca mais fale isso, Helena! Nunca mais. — Transtornada, vovó explicou que os nazistas chamavam de antissociais quem destoasse do figurino ariano: homossexuais, alcoólatras, vagabundos, comunistas e até tímidos. Muitos acabaram em campos de concentração, inclusive a pessoa que ela "mais amara na vida". Seu nome? Idade? Amor consumado ou platônico? Mistério.

Um dia meus pais se mudaram do Rio de Janeiro e nunca mais voltaram. Fiquei com vovó em Copacabana. À tarde ela me buscava na escola e tomávamos sorvete na Confeitaria Cirandinha, depois eu cheirava sabonetes nas farmácias da Rua Barata Ribeiro enquanto ela comprava remédios. Aos sábados passeávamos na orla da praia e o dia terminava com um lanche.

Vovó também tinha rompantes bem-humorados. Certa noite me acordou para ver "estrelinhas caídas no quintal".

Flutuei naquele cosmo cintilante até o juízo fincar no chão meus pés alados:

— São vaga-lumes, vovó!

— Fale baixo, Ronaldo. Eles pensam que são estrelas.

— Bobagem! Eles não entendem o que estou falando.

— Nem eu estou entendendo. Será que sou um vaga-lume?

— Não, vovó. Você é uma estrela.

* * *

Uma estrela de veludo preto e batom vermelho. Meu espanto era quase fascínio ao descalçar seus pés:

— Onde arranjou esses saltos altos? Vou buscar seus chinelos no quarto. — E liguei a televisão. — Fique aí quietinha. A novela já começou.

Na prateleira do corredor, uma garrafa vazia de Johnnie Walker. Sua cama estava atulhada de roupas, sapatos e bugigangas como isqueiros e canetas ressecadas. No armário aberto, revistas de tricô, um nebulizador, bolsas térmicas e impostos de renda declarados numa moeda extinta. Atrás da cortina, um cofre despejava joias sobre um grande livro marrom.

Peguei o livro. Em português e alemão, uma letra a nanquim se embolava em rasuras. No alto das páginas, cabeçalhos datados de 1943. Um folhear rápido me apresentou a suásticas e uniformes pretos. Vi um porto com navios fumacentos e dançarinas aflitas num cabaré. Ouvi um coral feminino, uma peça pianística de Ravel, um ruído lá fora.

Deixei o livro no quarto e voltei à sala com os chinelos, mas encontrei a poltrona vazia. Ninguém no banheiro, ninguém na cozinha. Chamei vovó. Nada. Gritei seu nome, puxei cortinas, vasculhei o quintal com uma lanterna. Já beirava o pânico ao dar com o portão da rua aberto para a noite, rangendo assustadoramente.

Minha avó tinha ido se divertir.

* * *

Quatro da manhã de sábado. Àquela altura, a falta de notícias era um alívio para quem temia o pior depois de revirar o bairro inteiro, do Leme ao Forte. Possivelmente vovó estava por perto, o que não significava muita coisa num lugar labiríntico como Copacabana. Parei num boteco na Rua Siqueira Campos para tomar café. Noutra calçada, prostitutas repuxavam saiotes em frente a uma casa noturna.

A polícia já fora avisada. Um vizinho estava de prontidão lá em casa, outro me convencera a anunciar o desaparecimento num site especializado. A primeira página do site mostrava milhares de rostos: crianças, mulheres, homens, velhos. A foto de vovó ganhou destaque por ser a publicação mais recente. Em amarelo, nossos telefones.

Quatro e meia. Bêbados brindavam a uma santa de louça num altar do boteco. As prostitutas do outro lado retocavam a maquiagem. Eu nunca tinha entrado em inferninhos. No máximo, frequentava um desses hotéis baratos no Centro do Rio, com tapetes mofados e sabonetinhos que só espalham sujeira. Costumava ir lá com uma colega de trabalho que só fazia sexo em dias chuvosos para explicar os cabelos molhados em casa. Minha vida afetiva era assim desde Alice.

Tivemos um namoro normal, com direito a beijos no cinema e pizza aos domingos. Pretendíamos nos casar em breve. Já formado, fui trabalhar numa cidade do interior e Alice se mudou comigo. Alugamos uma casa com jardim e compramos um cachorro. Um dia cheguei do trabalho e vi dois cachorros no jardim: Alice havia resgatado um vira-lata na rua. No dia seguinte, mais quatro cachorros, inclusive uma fêmea em trabalho de parto. Tivemos de construir um canil e gastar fortunas com veterinário. Dali a meses, Alice fugiu com o veterinário sem levar a matilha.

Corri para os braços de vovó, que me confortou:

— O Livro de Eclesiastes diz que existe um tempo determinado para cada coisa: tempo de nascer e tempo de morrer; tempo de plantar e tempo de colher o que se plantou. Você será feliz na hora certa.

Estranhei a menção: vovó não acreditava em Deus e só ia à sinagoga para acompanhar meu avô em datas solenes. Era muito respeitada na comunidade judaica e tida como um ícone da resistência ao nazismo, embora ninguém soubesse ao certo — ou em absoluto — o que lhe teria acontecido na Alemanha.

As primeiras semanas sem Alice foram cruéis. Acordar de manhã era um suplício e as horas não faziam sentido, depois melhorei. A trivialidade é o desfecho de todas as coisas: num dia você descobre uma nova marca de iogurte; noutro, ri de uma piada tosca. Sem alarde, a rotina soterra as mágoas e a vida continua, precisa continuar.

O celular tocou às cinco horas da manhã: teriam visto minha avó no sertão baiano. Desliguei sem responder. Uma das prostitutas atravessou a Siqueira Campos para comprar cigarros no boteco. Morena de cabelos frisados, usava um corpete felino e rubis falsos no pescoço. Vovó tinha um colar parecido, presente de meu avô. Rubis asiáticos, sangue de pombo. Habituei-me a vê-los num retrato em preto e branco. Cabelos longos e ondulados, vestido de seda clara, luvas até os cotovelos: aquela imagem assombrara minha infância. É que, para mim, vovó era e sempre havia sido uma avó, minha avó, curvada e tristonha em seus trajes de idosa.

Netos raramente conhecem os avós. Podem até ser seus cúmplices e amá-los de verdade, mas quase nunca suspeitam de mistérios que não tiveram condições de desvendar. Avós são esfinges porque ali mora mais do que alguém. Ali mora o tempo. Com minha idade, vovó já havia enfrentado vilões históricos, atravessado o Atlântico e se casado com o homem a quem daria uma filha em 1954. Uma epopeia!

Minha história era mais banal. Aos trinta e três anos eu vegetava num emprego burocrático e comprava bilhetes lotéricos na esperança de enriquecer sem trabalhar — ou trabalhando com algo menos enfadonho do que elaborar relatórios cinzentos.

Eram três prostitutas: duas loiras e a morena com o colar vermelho. O letreiro da boate piscava em várias cores. Pobres mulheres. Empinavam peitos e bundas, distribuindo sorrisos postiços para a madrugada. O céu já clareava quando as três entraram na boate.

Olhei a santa de louça no altar do boteco. Eu deveria estar numa delegacia ou num hospital, não cismado com a bijuteria de uma prostituta. Por que não seguir meu rumo e esquecer a infeliz? Simples, disse a santa. Porque os rubis de vovó estavam nela.

Atravessei a rua e invadi a boate. O lugar cheirava a mofo, tabaco e fadiga. Alguém tocava piano num palco nevoento. Meus olhos ardiam. Atrás do palco havia uma escada para um subsolo com caça-níqueis. Esbarrei em vultos suados sem enxergar a morena. Voltei para o andar superior, decidido a procurar a polícia. O público aplaudia uma cantora que cruzava e descruzava as pernas num banco ao lado do pianista.

Na mão, uma cigarrilha. Nos pés, saltos altos. Reconheci os saltos. Ajustei o foco para entender a cena. Cheguei perto para ter certeza.

Era minha avó.

* * *

Com o formato e a consistência média de uma couve-flor cozida, o cérebro humano pesa cerca de um quilo e meio e tem aproximadamente 100 bilhões de células conectadas umas às outras em mais de 100 trilhões de pontos chamados sinapses. Seus vasos sanguíneos perfazem 160 mil quilômetros, o equivalente a quatro voltas ao mundo.

Alzheimer, demência vascular, esquizofrenia, degeneração neuronal: minha couve-flor tentava identificar o problema de vovó. Eu precisava de um diagnóstico, qualquer diagnóstico, nem que isso servisse apenas para ungir desconsolos. Encontrei na internet artigos científicos e depoimentos tocantes sobre vítimas de distúrbios mentais, exemplo do patriarca prestativo que agora usava fraldas ou da esposa cujo sorriso ia se convertendo numa máscara mortuária. Parentes descreviam a dor de perder quem ainda estava lá, deixando de ser quem ainda era, a exigir um amor sem futuro, sem contrapartidas, sem o amado. Um geriatra recomendava exercícios cognitivos para estimular memórias em risco. Águas turvas contêm mais nutrientes do que as cristalinas, ensinava o homem, aconselhando o uso de fotografias e músicas antigas para "revolver sedimentos do inconsciente".

Vovó se recusava a consultar um médico e sequer recordava o ocorrido naquela noite. Boate, música, prostitutas: de que eu estava falando? Havia dormido um sábado inteiro e acordado como se nada tivesse acontecido. Adiantei minhas férias para cuidar dela. Procurei manter a rotina, mas seu declínio roubava aquilo de mais precioso na relação: a naturalidade. Eu aprendia a vê-la em sépia, no ritmo e com a textura granulada de um filme antigo. Cada gesto era o prelúdio de uma saudade, um luto antecipado. Caso ela recusasse um pão, eu logo me alarmava: vontade ou sintoma? Tudo era patrulhado; nada acontecia por acontecer, fosse quando ela olhava o céu, fosse quando calçava uma meia.

Um dia tomávamos café da manhã.

— Precisamos procurar um médico — insisti com delicadeza.

— "Minha doença se chama vida e sua única cura é a morte." Heinrich Heine, poeta do século XIX.

— Desde quando você gosta de poesia?

— Meus amigos gostavam.

Pela primeira vez ela falava das amizades na juventude.

— Queríamos mudar a Alemanha. Usávamos roupas coloridas e adorávamos dançar jazz. Um dia fomos xingados por um homem na rua: "Claro que vocês não gostam do *Führer*, burgueses mimados! É que vocês nunca passaram fome nem frio! Vocês podem comer queijos franceses e presunto italiano! Têm dinheiro, casa, comida e saúde! Odeiam guerras porque não estavam desempregados durante o governo republicano! Odeiam guerras porque não estavam na fila da sopa enquanto judeus faziam fortunas no mercado financeiro! Sabem quantos empregos o *Führer* trouxe para o nosso país? Milhares, milhões. O *Führer* governa para o povo, não para elites alienadas. Viva o *Führer*! *Heil Hitler!*"

Vovó terminou seu discurso de pé, com o braço direito esticado e uma maçã mordida na mão. Tentei acalmá-la, impressionado com a performance. Pela segunda vez ela incorporava outro espírito em tão pouco tempo. Como esquecer a cena da boate?

Terminado o show musical, aplausos e assobios. Ela se levantou do banco, cumprimentou o pianista e mandou beijinhos para a plateia, curvando o corpo enquanto um coro pedia bis. Como as palmas não cessassem, deixou a emoção lhe borrar a maquiagem e chorou tanto que acabei chorando junto, sem entender que já não entendia mais nada. De susto, de alívio, de horror: chorei, como tenho chorado até hoje.

As prostitutas contaram que ela havia surgido do nada em seu veludo preto com bijuterias numa bolsa e o desejo de cantar em público. O espetáculo dispensou ensaios porque vovó interpretou clássicos do jazz americano com a destreza de uma veterana. Nada mais absurdo para quem desprezava música. Se tanto, sintonizava a rádio num repertório erudito e ia fumar na varanda. Claro que aquilo tinha relação com seu passado na Alemanha. O próprio oferecimento de joias guardava um sentido oculto, como um rito de despedida ou de expiação, o desfazimento de bens, a resolução simbólica de antigas pendências. Quais pendências?

Terminado o café da manhã, ela ligou a televisão e acendeu um cigarro. Resolvi lhe mostrar o anel devolvido pelas prostitutas:

— O que é isso?

No metal fosco e envelhecido, ornamentos em baixo-relevo cortados por uma seta. Na face interna do anel, a inscrição SS evocava nada menos do que a Schutzstaffel, a tropa de elite de Hitler. Vovó reagiu com descaso:

— É uma peça vagabunda trazida da Alemanha.

— E a inscrição SS?

— Minhas iniciais de solteira: Sofia Stern. Ganhei de presente.

— De quem?

— De alguém importante.

— Qual o nome dele?

— Como sabe que foi um homem?

— Li no livro marrom.

Eu estava blefando para provocá-la. É que os tais manuscritos de 1943 tinham desaparecido naquela noite e eu podia apostar que ela os havia escondido de mim.

— Já falei que não existe livro algum. Você está mentindo.

— Existe, sim! Um livro marrom com seus segredos.

Ela me encarou, maliciosa:

— Como sabe que meus segredos cabem num livro? — E aumentou o volume da televisão.

Vovó era assim: sarcástica quando atiçada. E não apenas comigo. Dias atrás, um menino da vizinhança pediu para enterrar seu peixe de aquário em nosso quintal. Consternado, admitiu ter se esquecido de alimentar o bicho e perguntou à minha avó se alguém já tinha morrido por sua causa. Peixes, não, ela respondeu: só pessoas. O menino estremeceu:

— Elas também estão enterradas aqui?

Quase rindo:

— Não. Na época eu morava na Alemanha.

Guardei o anel de prata no bolso e sentei ao seu lado. Na televisão, um filme em preto e branco.

— Veja o horror que elas fazem com os pacientes, Ronaldo!

Uma jovem enfermeira tagarelava enquanto a paciente tentava relaxar numa casa de praia. Vovó estava aflita porque eu pretendia contratar uma acompanhante para vigiá-la em minha ausência. Título do filme: *Persona*, de Ingmar Bergman.

— O que significa "Persona"? — ela perguntou.

— É uma espécie de máscara que os atores usavam nas tragédias clássicas, mas também podem ser os papéis sociais que as pessoas assumem no dia a dia — respondi com um dicionário na mão.

Vovó abriu um sorriso súbito:

— Máscaras! Máscaras! Conhece a Fábula da Cidade Mascarada?

— Não.

— Pois vou contá-la! Era um lugar onde todos andavam mascarados. Ninguém podia mostrar o rosto naquela cidade. Sempre tinha sido assim e sempre seria assim. Regras são regras. Quem as violasse morreria apedrejado. Até que alguém tirou a máscara no meio da rua. Você nem pode imaginar o que aconteceu depois disso.

— O que aconteceu, vovó?

— Vou contar na hora certa.

— Diga logo!

— O Livro de Eclesiastes ensina que existe um tempo determinado para cada coisa...

Agarrei seu braço:

— Chega disso! Que diabos aconteceu nessa tal cidade?

Com um quê profético:

— Tenha paciência. Você saberá quando as máscaras caírem...

— Já estão caindo! Vou descobrir tudo sobre esse anel agora mesmo. Tchau!

• • •

Amigo de meus avós desde sempre, o joalheiro Simon Benzaquen trabalhava num fundo de galeria na Rua Barata Ribeiro. Fui recebido entre lupas, pinças, alicates e os mesmos caramelos que grudavam em meus dentes na infância. Benzaquen analisou o anel com estranheza:

— Nunca vi esta peça.

Mirou uma lanterna nos ornamentos em baixo-relevo, uma sucessão de ângulos retos com a seta atravessada. Era uma joia *art déco* em prata de lei, mas o homem não sabia sua origem nem o significado da inscrição na face interna. Benzaquen abriu uma gaveta e pegou um cartão profissional:

— Procure o professor Dank.

* * *

A Universidade Federal do Rio de Janeiro ocupa um prédio com colunas erguidas por Dom João VI quando o trânsito do Centro se fazia de rabos e crinas. Cruzei um pátio, subi degraus de jacarandá e bati à porta do professor Dank, especialista em símbolos políticos do século XX.

Moreno de barbicha grisalha, o homem me recebeu num gabinete repleto de livros e gravuras. Numa parede, o lendário Tio Sam convocava a juventude norte-americana para a Primeira Guerra Mundial. Noutra parede, uma suástica. Expliquei o porquê da visita e o professor acendeu uma lâmpada esférica acoplada a uma lente de aumento. Ao fim de uma breve análise na face interna do anel:

— Isto não é nada.

— Nada?

— Nada. O símbolo da SS é um par de runas Sig, dois raios pontiagudos bem diferentes dessas letrinhas redondas. — E discorreu sobre os padrões tipológicos da Schutzstaffel. A corte nazista adotava uma nomenclatura complexa em ritos pagãos como juras de lealdade ao *Führer*. — Mas... O que temos aqui?

Dank observava a face externa do anel, compenetrado na seta sobre os ornamentos *art déco*.

— Oh, não! Isto não é uma seta, rapaz. Claro que não. É uma runa. Uma runa Tiwaz, representante de Tyr, usada pela Juventude Hitlerista e por escolas de recrutamento de tropas nazistas.

Afobado, montou numa escadinha, pegou um livro e mostrou o desenho de um velho barbado usando um capacete com chifres.

— Tyr é o deus nórdico da guerra, da lei e da justiça. Perdeu a mão direita na boca de uma fera para salvar sua comunidade. Também é o deus da coragem. Guerreiros nórdicos da Antiguidade pintavam sua runa em escudos e espadas. Veja este índice de runas. Tiwaz representa disciplina e perseverança. — E apontou a suástica na parede: — Eis o exemplo mais clamoroso de apropriação indébita da História. A cruz de hastes dobradas já existia milênios antes de Hitler estampá-la em faixas e braçadeiras. O que diriam os hindus do passado ao ver seu signo da benevolência e da paz corrompido por genocidas?

Eu escutava aquilo em choque. Minha avó sem máscara não parecia uma pessoa propriamente afável.

* * *

Tailleur cinza, pérolas, *eau de toilette*. Vovó sentou-se à mesa do cartório para assinar a procuração que me faria o gestor de seu patrimônio: duas lojas alugadas na Galeria Menescal e uma aposentadoria da Previdência Social, além da casa onde morávamos na Rua Cinco de Julho. No banco, guardávamos uma provisão para sonhos e imprevistos. Só que o único sonho de vovó era se livrar das responsabilidades que eu assumia naquela tarde. O escrivão teve de interromper a leitura da procuração para avisar que era proibido fumar no recinto. Voz trêmula, vovó desistiu de acender um cigarro:

— Perdão, Excelência. Estou tão nervosa. Não sou comunista. Por que me chamaram aqui? Não quero voltar para a Alemanha! Não me expulsem do Brasil! – E mostrou um livreto cinza com as bordas carcomidas. — Por favor, Excelência, confira meu passaporte. Os carimbos todos estão aí.

O escrivão e eu nos entreolhamos, alarmados, enquanto a procuração era assinada às pressas. Outro surto, meu Deus! Vovó deixou o cartório fungando num lenço, descomposta em seu *tailleur*:

— Não quero voltar para a Alemanha!

— Calma, você vai ficar no Brasil.

— Jura?

— Juro.

Eu estava determinado a procurar um psiquiatra. Na rua, ela recobrou a calma depois de acender seu cigarro:

— Acho que me saí bem, não?

— Como assim?

Soltando a fumaça com uma expressão casual:

— Nunca proíba uma senhora de fumar. Que tal um sorvete na Confeitaria Cirandinha?

Perdi o fôlego: minha avó havia enganado a todos. Farsante!

— Você quase me matou do coração!

— Vou querer uma banana split — e atravessou a rua.

Folheei seu passaporte na confeitaria. Apesar de deteriorada, a capa ainda exibia a águia do Terceiro Reich agarrada a uma suástica. Mal se viam seus cabelos loiros numa fotografia manchada. Carimbos oficiais encobriam parte da assinatura: Sofia Stern, nascida na Cidade Livre e Hanseática de Hamburgo em março de 1919. O visto para o Brasil ocupava uma página junto ao carimbo de entrada no Rio de Janeiro, datado de dezembro de 1938. Na base do visto, a palavra "temporário".

— Nunca vi esse passaporte.

— Estava em meu cofre.

— Junto com o livro marrom?

— Já falei que não existe nenhum livro marrom.

Mantive a calma:

— Existe sim. Um livro marrom com suas memórias da juventude. Estava em seu quarto naquela noite.

— Se existiu algum livro, foi esquecido, e as coisas esquecidas não existem mais.

Era uma frase sugestiva: pela primeira vez ela admitia a existência do livro, embora por vias oblíquas. Mas, antes que eu reagisse, vovó fechou os olhos e fez uma declamação poética, torneando a voz com requintes teatrais:

— Em que momento a perda acontece? Sim, existe o milímetro a partir do qual o amor se esvai, a queda é fatal, a jornada é impossível. Que milímetro é esse? Qual é o nome da unidade que põe fim ao sentimento, à razão, à memória? Quando se dá o último espasmo, o adeus sem glória daquela lembrança inútil que agonizava na véspera do esquecimento, resignada ao momento preciso que nos aguarda a todos?

— Heinrich Heine?

— Não. Klara Hansen, uma amiga que morreu em Hamburgo.

— Versos tristes.

— Pelo contrário: esperançosos. Esquecer as coisas pode ser um privilégio. Estou adorando não saber mais quem eu sou. Hoje mesmo fiquei confusa com um telefonema... Ligaram para casa dizendo que sua avó estava em Niterói. Ora! Se sua avó estava em Niterói, quem sou eu?

— Que história é essa, vovó?

— Um homem ligou para nossa casa falando que tinham encontrado sua avó em Niterói. Ele disse qualquer coisa sobre pessoas desaparecidas...

Tive o lampejo:

— O anúncio!

Eu havia esquecido aquilo publicado na internet.

Em casa, liguei o computador e transferi o anúncio de vovó para a seção de pessoas encontradas vivas. Milhares de rostinhos ilustravam a primeira página do site. Num canto da tela havia um link para estrangeiros. Imaginei turistas perdidos na selva ou mafiosos de peruca em Copacabana, mas deparei com bebês sequestrados. Também vi assassinos, sonegadores de impostos e um noivo que fugira do altar. Uma senhora parisiense publicava fotografias do pai desaparecido durante a Segunda Guerra Mundial. O homem havia saído para comprar pão e não voltara. Ela tinha oito anos na ocasião. Junto às fotografias, esboços com a provável aparência do pai nas décadas de 1960, 1970 e 1980. A mulher já não esperava encontrá-lo vivo; só queria descobrir seu paradeiro. Admirei a persistência. Em algum *arrondissement* de Paris morava uma guerreira tenaz. Que tal seguir seu exemplo?

Teclei o nome de solteira de vovó num site de pesquisas. Milhares de homônimas ocuparam a tela, incluindo variações como Sophia ou Sophie Stern. Em Nova York moravam dezenas. Em Londres, também. Canadá, Argentina, Israel, França, Rússia: essas adoráveis criaturas povoavam o globo. Na Alemanha, já podiam editar um catálogo telefônico. Em Hamburgo lotariam um teatro.

Consultei sites sobre pessoas desaparecidas na Segunda Guerra Mundial. Possivelmente vovó deixara algum vestígio na Alemanha: um documento, uma saudade, qualquer coisa. Alguém devia se lembrar dela, como não?! Nenhum coração quixotesco, nenhuma lágrima estancada?

Encontrei grupos temáticos que investigavam a identidade de antepassados, divulgando certidões e fotografias, montando árvores genealógicas e conseguindo proezas como unir irmãos que se julgavam mortos desde a Batalha de Stalingrado. Uma professora de Berlim definia os conterrâneos como detetives diante do espelho e recomendava o serviço de rastreamento da Deutsches Rotes Kreuz, a Cruz Vermelha Alemã.

Preenchi um formulário do serviço de rastreamento, esclarecendo que minha avó não havia desaparecido — não para mim, ao menos. Descrevi seus hábitos e anexei fotografias de épocas diferentes. Vovó ia esmaecendo aos poucos, foto a foto, ganhando vincos e contornos que a transformavam na senhora que eu conhecia. Em momento algum sorria, sempre posando, medindo o olhar. Quantos segredos cabiam naquela melancolia?

* * *

Minha volta ao serviço coincidiu com o aniversário do chefe. Cantamos parabéns, comemos doces e sorrimos para fotografias. Retomar aquela vida era um castigo para quem ainda sonhava trabalhar com algo nobre ou condizente com seus dons — contanto que eles existissem, naturalmente.

Depois do almoço comprei bilhetes lotéricos. À tarde fui convocado para uma reunião no penúltimo andar do prédio. Doze pessoas à mesa. Um advogado tributarista pôs-se a comentar gráficos em forma de pizza projetados num painel. Achei prudente escrever qualquer coisa para acompanhar os colegas, embora minha preocupação fosse outra. Vovó passava o primeiro dia na companhia da enfermeira contratada para vigiá-la. Eu evitava ligar para casa, mas não desviava o olho do telefone celular.

O advogado tributarista agora respondia às perguntas de uma colega gordinha. Abri minha maleta por baixo da mesa para pegar meu *notebook* e um sopro bolorento lembrou que eu não puxava aquele zíper há mais de um mês. Dentro da maleta, algo grande e pesado como uma Bíblia. Não era o *notebook*. Apalpei o objeto sem desviar os olhos da pizza no painel.

Tirei o objeto da maleta e dei um espirro. Alguém me ofereceu lenços de papel. Não consegui agradecer. O tempo havia parado: minhas mãos seguravam nada menos do que o livro marrom de vovó. Suas escrituras sagradas! Como aquilo teria parado ali? Mais uma travessura de dona Sofia, seguramente. Quase não percebi o celular vibrando em meu bolso. Deixei a sala para atender. Sinais eletrônicos, chiados, voz feminina:

— *Mr. W., can you hear me? Do you speak English?*

Hã? *Yes.*

— *Can you talk now, Mr. W.?*

O que estava acontecendo? *Yes.*

— *My name is Julia Kaufmann and I'm calling from Germany.*

Quem? *Yes.* O quê?

— *I've reached you through the German Red Cross' site on the internet. I have some news for Mrs. Sofia Stern.*

— *Yes, yes...*

— *Are you her grandson?*

— *Yes.*

— *Have you ever heard of the Hamburger Alsterbank?*

— *What?*

— *Can you hear me, Mr. W.?*

---

* — Sr. W, o senhor consegue me escutar? O senhor fala inglês?
Hã? Sim.
— O senhor pode falar agora, sr. W.?
O que estava acontecendo? Sim.
— Meu nome é Julia Kaufmann e estou ligando da Alemanha.
Quem? Sim. O quê?
— Cheguei ao senhor através do site da Cruz Vermelha Alemã na internet.
Tenho algumas notícias para a sra. Sofia Stern.
— Sim, sim.
— O senhor é o neto dela?
— Sim.
— O senhor já ouviu falar do Hamburger Alsterbank?
— O quê?
— O senhor consegue me escutar, sr. W.?

Capítulo 3

Alemanha, 1933

Sofia teve um bom pressentimento quando o diretor da escola interrompeu a aula de história para apresentar Klara Hansen à turma:

— Sejam gentis com sua nova colega. Ela vem de Altes Land e tem quinze anos. *Heil Hitler!*

— *Heil Hitler* — responderam as moças em uníssono.

O professor ordenou que Sofia se levantasse e fosse para o fundo da sala.

— Klara Hansen, este lugar agora é seu.

Encabulada, Klara caminhou até a segunda fileira e esperou a colega recolher seu material. Usava um vestido rústico e tranças loiras. Não se mexeu durante uma hora, sem livro nem lápis, espiada com desdém pelas vizinhas. Terminada a aula, foi a última a deixar a sala. Sofia a esperava no corredor com um sorriso hospitaleiro, mas Klara tinha pressa:

— Preciso ir para este lugar — e mostrou um bilhete: Hallerstrasse, 23.

— Você mora lá?

— Não. É o endereço do meu trabalho. Tinturaria Weiss. Estou atrasada e ainda não sei andar sozinha em Hamburgo.

— Venha comigo.

Cortaram caminho pela chamada Klein Jerusalem, Sofia desfeita em gentilezas:

— Aquela é a maior sinagoga da Alemanha, esta é a melhor padaria do bairro. Gosta de sorvete?

Klara havia chegado em Hamburgo um mês antes. Achava estranho atravessar avenidas congestionadas e viver num apartamento minúsculo com a mãe e o irmão. Em sua aldeia as pessoas moravam em casas de verdade, com telhado e chaminé. Todos se diziam bom-dia e gostavam de conversar, sem correr pelas ruas como se fugissem de bichos selvagens. Os armazéns de Altes Land vendiam coisas simples e as flores cresciam no mato, não em canteiros quadrados, aqui vermelhas, ali amarelas. Mas nem tudo era estranheza:

— É verdade que as lojas do Centro têm escadas que sobem e descem sozinhas? — perguntou com fascínio.

— É, sim. Quando quer conhecê-las?

No sábado seguinte foram passear na orla do lago Alster. O sol do outono espichava sombras num gramado com famílias fazendo piquenique. Marrecos e veleiros deslizavam no espelho d'água. Andando para o Centro, viram uma limusine preta deixar homens fardados num hotel com bandeiras do Partido. Klara admirou prédios clássicos refletidos na superfície do lago, impressionada com as torres da Prefeitura e da Igreja de São Pedro. Perto da Estação Central, uma feira vendia frutas exóticas e especiarias orientais, além de bichos aquáticos chegados do Mar do Norte, uns monstros amorfos estirados no gelo e crustáceos com pinças e antenas farpadas.

Segurando a mão de Sofia, Klara atravessou avenidas com bondes e carros e se equilibrou nas escadas rolantes da loja Hirschfeld. Ficou deslumbrada com a elegância das vendedoras na seção feminina:

— Meu sonho é ser modista — confessou timidamente. Desde criança ajudava a mãe a consertar roupas em Altes Land, remendando panos e reforçando casacos. O maior luxo ostentado no campo eram vestidos floridos para a Festa de Ação de Graças. Seu sonho dourado era conhecer Paris para ver os trajes mais bonitos do mundo. Sofia teve uma ideia:

— Iremos juntas para Paris, mas antes disso faremos um passeio na Mönckebergstrasse, a rua mais elegante de Hamburgo.

Entusiasmada, Klara aprendeu a pronunciar nomes como Chanel e Lanvin diante de vitrines com pespontos e miçangas cintilantes. Depois caminharam até a região portuária sem reparar na vidraça quebrada da Chapelaria Bender nem ler um cartaz proibindo a entrada de cães e judeus numa tabacaria. Conversaram sobre doces e salgados, medos e esperanças. Sofia explicou que o porto de Hamburgo era o maior da Alemanha. O mundo chegava e partia naqueles navios fumacentos com marfins do Congo, sedas chinesas, cafés tropicais. Uma enorme fotografia do Rio de Janeiro decorava o saguão da transportadora Hamburg Süd. Sofia disse que nunca tinha visto uma montanha de verdade. Ao lado da fotografia, um mapa-múndi com uma suástica no coração da Europa.

— Nosso país fica ali — Klara apontou com orgulho.

Sofia disfarçou a tristeza: já não se considerava propriamente alemã. Os compatriotas teimavam em chamá-la de estrangeira, embora tivesse nascido na Alemanha e gostasse disso. Em alemão aprendera a rir, chorar, existir e nomear as coisas. Sua alma pertencia à Alemanha de Goethe e de Beethoven; à Alemanha representada por Carlos Magno e reformada por Lutero; à Alemanha defendida pelo pai na Guerra Mundial.

Sim, Walter Stern era judeu. E daí? Os dois não davam importância a religião nem frequentavam sinagogas. No máximo, Sofia ouvira falar de uma terra prometida àquele povo narigudo, um deserto onde brotavam laranjas e beduínos se casavam com mil mulheres.

Na escola, colegas lhe viravam a cara. Perambulava pelo pátio durante os recreios, oferecendo biscoitos para prevenir agressões, proibida de dizer *Heil Hitler* e de assistir às aulas de teoria racial. Certa vez um professor a elogiou discretamente, apesar de seu "sangue impuro". Sofia agradeceu, mais ofendida do que lisonjeada. Acabara de fazer uma prova de matemática que indagava o número de judeus numa cela com trinta pessoas, sendo certo que o número de comunistas era a metade do de judeus.

— Preciso lhe pedir perdão — disse Klara.

— Por quê?

— Por ter ocupado seu lugar na sala de aula.

Sofia deu um suspiro:

— Não se preocupe. Como disse o professor, meu lugar agora é seu.

E descansaram as pernas no Parque Elba, em frente à colossal estátua de Otto von Bismarck. Klara estava admirada com a cultura de Sofia: como ela podia ter decorado o nome de tantas ruas, praças, pontes e parques? Graças ao meu pai, foi a resposta.

Afinador de pianos, Walter Stern gostava de dizer que era cego porque tinha emprestado os olhos para a filha, que o guiava pela cidade desde pequena. Clubes, teatros, hotéis, até transatlânticos atracados no Rio Elba. Walter afinava pianos de diversos tipos, fossem Bechsteins reluzentes ou Baldwins banguelas. Uns alegravam tabernas sarnentas, outros entediavam nobres em récitas protocolares. Sofia conhecia desde os palcos de St. Pauli até os palacetes de Rothenbaum. Ajudava o pai a trabalhar, entoando a escala cromática com rara perfeição. Temos uma pequena *prima donna*, aplaudiu um barítono italiano no Hotel Atlântico.

Aos dez anos a menina já cantava músicas norte-americanas aprendidas com um marujo negro de Nova York. Encalhado no Velho Mundo, Old Joe tocava um piano estropiado numa cervejaria perto da Herbertstrasse, a rua dos bordéis. Um dia ela perguntou se o piano estava gripado devido ao som nasalado, e o negro se consagrou como Old Joe e Seu Piano Gripado.

Com doze anos, Sofia já faturava trocados carregando pacotes, fazendo compras e amparando idosos. Domingo era dia de faxina em casa antes de passar na Estação Ferroviária para comprar a edição do *Frankfurter Zeitung*. Lia o jornal inteiro para o pai: crise econômica, fascismo italiano, produções de Hollywood. Na escola, era a única a saber por que as filas da assistência social serpenteavam pelo Centro enquanto veteranos de guerra brandiam medalhas e sequelas nas estações de metrô. Generosa, distribuía esmolas pela cidade: não havia mão estendida que Sofia deixasse ao relento. Como podia ser tão maravilhosa?

— Podemos ser amigas? — Klara perguntou com um sorriso inocente.

Sofia reagiu com um abraço tão apertado que as duas ficaram tontas. Quem as visse naquele êxtase não entenderia se estavam rindo ou chorando. Klara secou uma lágrima:

— Sei que você é diferente dos outros, mas não me importo. Também sou diferente. Algumas pessoas até me chamavam de bruxa em Altes Land porque nunca esqueço as coisas.

— Você é paranormal?

— Não. Paranormais adivinham o futuro, eu não adivinho nada. Nunca adivinhei, mas estou tendo uma intuição nesse momento. Alguma coisa me diz que seremos amigas para sempre.

Sofia corou de felicidade:

— Também estou sentindo isso. Por sinal, conheço uma cigana que vê o futuro em cartas de baralho. Meu pai já afinou um piano na pensão onde ela mora. Vamos lá?

— Vamos! Ela poderá dizer se seremos amigas para sempre.

Saíram de mãos dadas para St. Pauli, o bairro da boemia com seus cabarés e cervejarias. O céu escurecia e os néons da Reeperbahn piscavam em várias cores e formatos. Abotoadas até o pescoço, desviaram de vultos e buracos numa ruela sinistra. Mas o medo de Sofia era outro: e se a cigana sacasse alguma carta horrenda? E se cuspisse labaredas, chacoalhando pulseiras e dizendo que a amizade das duas acabaria em desgraça?

Atravessaram um terreno baldio e foram parar num lugar mal iluminado. Naquele bairro moravam refugiados do Leste Europeu que não conseguiam seguir para a América e abarrotavam espeluncas como a pensão onde a cigana morava. No saguão vazio, os ponteiros de um relógio enguiçado só não tremiam mais do que as duas. Tocaram uma sineta, ninguém apareceu. Tocaram de novo. Nada. Resolveram subir até o quarto da cigana. Uma lâmpada oscilava no corredor do segundo andar. Depararam com uma porta entreaberta e um quarto destruído: cacos de vidro, móveis depredados, roupas e sapatos, cartas de baralho e a caveira de um bicho.

Morte aos ciganos, rosnavam letras vermelhas na parede. Sangue?! Sofia e Klara olhavam aquilo quando uma ratazana passou em disparada.

— Vamos embora! — berrou Sofia.

Desceram as escadas e correram na escuridão, pisando em poças, dobrando e redobrando esquinas sem saber para onde iam. Estavam prestes a desmaiar quando um motorneiro abriu as portas de um bonde. Pularam no vagão, suadas e ofegantes, decididas a nunca mais procurar cartomantes. Nunca mais! Que o futuro se revelasse a seu tempo. E sozinho.

Pobre cigana, pensou Sofia. Talvez lhe bastasse olhar em volta para prevenir azares. Ou havia profecia mais ostensiva do que a realidade?

Capítulo 4

Brasil, 2013

Frases pela metade, palavras soltas em português e alemão, falta de cronologia, rasuras e setas sem rumo: os manuscritos de vovó foram uma surpresa ingrata para quem esperava um texto convencional.

Líamos juntos cada página do livro marrom e as reações de vovó iam do susto ao tédio, da mágoa à euforia. Tagarelava ou emudecia repentinamente, desdizendo o que não dissera ou jurando o contrário do que afirmaria adiante. Às vezes folheava o livro de trás para a frente, fazendo mímicas e caretas, descrevendo a Alemanha com arroubos polifônicos. Consegui escutar a banda da Juventude Hitlerista com seus tambores ritmando moças e rapazes uniformizados nas ruas de Hamburgo. Consegui me sentir num casamento quando vovó deu passadas de noiva e contou que o conterrâneo Felix Mendelssohn era o autor da consagrada "Marcha Nupcial". Eu sentia um pouco de tudo durante nossas sessões de leitura: medo, alegria, terror e ciúme. Ciúme das pessoas que haviam conhecido vovó antes de mim; ciúme de um mundo existido sem meu testemunho; ciúme daquele passado intruso, como um forasteiro que arromba a porta de casa e se esparrama no sofá, invocando parentescos duvidosos.

As sessões podiam varar madrugadas. Eu gravava tudo, depois repassava para o computador os relatos do livro marrom. As páginas iniciais narravam a aparição de Klara Hansen na escola e o primeiro passeio das duas em Hamburgo. No momento seguinte estávamos em 1938 e vovó conhecia o sr. Theodor Goldberg no cais da Praça Mauá. Quarenta e cinco anos, alemão naturalizado brasileiro, meu avô tinha sapatarias na capital federal. Viúvo há duas décadas, Goldberg estaria fadado ao celibato, não fosse a linda conterrânea por quem se apaixonou instantaneamente. Ao saber que Sofia Stern não tinha destino nem contatos no Rio de Janeiro, abriu-lhe a porta do Ford preto e mandou o chofer levá-los para sua chácara no Alto da Boa Vista.

Maravilhada, a jovem estrangeira se descobriu numa estrada sinuosa e cercada de florestas. Pela primeira vez viu montanhas de verdade, com cumes e paredões rochosos. Crianças negras vendiam bananas em frente a uma cachoeira. Sofia caiu na gargalhada quando macaquinhos afanaram o quepe do motorista. Chegando à chácara, remoçara o bastante para aparentar a idade que tinha. Os empregados não hesitaram em chamá-la de madame com rapapés submissos.

Sofia adorou o Brasil: seu calor úmido, suas cores, sua vitalidade. As frutas eram deliciosas e o verão durava doze meses. O povo tinha uma bondade genuína, uma inocência servil que tornava a vida mais fácil. Ou menos difícil, pois Sofia não estava feliz. Passou anos fumando e afastando moscas enquanto a guerra esfacelava a Europa. O casamento aconteceu num cartório na Rua do Ouvidor, e a casa em Copacabana foi comprada na semana seguinte. A frieza da esposa resignou Theodor a um convívio amigável. Em 1954 nasceu a única filha. Impaciente com a criança, Sofia delegou a maternidade a uma babá pernambucana que desfilava de uniforme branco na calçada da Av. Atlântica. O casal intrigava os vizinhos: ela, linda e tristonha com seus cigarros; ele, curvado nos botecos do posto quatro. As sapatarias e a chácara foram vendidas para a compra de lojas na Galeria Menescal e a família passou a viver de aluguéis.

Passei meus primeiros verões no quintal de vovó, tentando alegrá-la com gracinhas apelativas. Um dia compreendi que ela escondia segredos e resolvi esconder os meus também. Na escola, as aulas de história me ensinaram por que sua geração evitava falar do passado.

A maturidade me fez apreciar sua honestidade: vovó era assumidamente misteriosa. Minha mãe sempre dizia que ela vivia num mundo lúdico, alheio à realidade. Era capaz de excentricidades como passar horas ensimesmada numa festa de casamento ou contemplar a gravata do apresentador do telejornal, desinteressada de suas locuções catastróficas.

Eu teria me conformado com seus silêncios até o fim, não fosse a cena da boate na Rua Siqueira Campos. Agora nossas madrugadas eram dedicadas ao livro marrom e eu tinha ambições inconfessáveis.

— Como Klara Hansen morreu? — perguntei num tom casual enquanto tomávamos chá na varanda.

— Houve um acidente.

— Que tipo de acidente?

Silêncio.

— Você viu o acidente?

— Eu estava ao lado dela.

Talvez fosse indelicado insistir no assunto, mas eu precisava entender o que havia acontecido em 1938. Sete milhões de euros estavam em jogo desde o telefonema da juíza Julia Kaufmann.

— Foi realmente um acidente, vovó?

Ela reagiu com surpresa:

— Por que não seria?

Sim, eu fazia uma grave insinuação. Estava nervoso e cansado depois de mais uma tarde no consulado alemão no Rio de Janeiro, às voltas com intrincadas orientações legais. Meu primeiro desafio seria falar com vovó sobre o processo judicial que tramitava em Hamburgo e convencê-la a prestar um depoimento formal sobre suas relações com Klara Hansen. O depoimento deveria ser prestado num tribunal brasileiro e submetido a uma tradução juramentada para o alemão. Um advogado de Hamburgo já cuidava dos procedimentos para habilitar vovó no processo do Hamburger Alsterbank.

— Foi realmente um acidente?

Ela inspirou fundo com uma aura fatalista e pôs a xícara no pires:

— Não sei se foi acidente. Acidentes só acontecem com quem não merece sofrê-los.

— Por que diz isso?

— Klara Hansen fez muitas coisas erradas na vida.

Levei um susto:

— Então você acha que ela mereceu morrer?

Vovó acendeu um cigarro sem responder, para o meu assombro:

— Todos fazem coisas erradas na vida e você não é exceção.

— Quem disse que eu também não mereço morrer?

Um vento súbito bateu portas e janelas. Ela se levantou, foi para o quarto e voltou com um casaco de lã. Falei sobre o significado da runa Tiwaz no anel de prata.

— Aquilo tem alguma relação com a morte de Klara Hansen?

Vovó olhava o vaivém da calçada.

— Você já ouviu falar num banco chamado Hamburger Alsterbank?

A brasa do cigarro chamuscava seu casaco de lã. Afastei a brasa e avisei que estava de viagem marcada para Hamburgo. Ela continuou a olhar a calçada com uma expressão sombria, como se confirmasse um presságio. Depois se levantou e examinou uma avenca ressecada num vaso de cerâmica.

— Quando você vai? — perguntou.

— Mês que vem.

Resoluta, disse aquilo que eu nunca esperava ouvir:

— Vou com você.

Capítulo 5

Alemanha, 1933

O primeiro atrito aconteceu na véspera do Natal. Passeavam no centro de Hamburgo, Klara aflita porque o diretor da escola intimara as alunas a doar roupas velhas para a campanha beneficente do Partido. A doação ocorreria durante a inauguração da primeira árvore natalina do Terceiro Reich. O fato é que Klara Hansen era pobre demais para ter o que doar. Sofia solucionou o problema:

— Você doará sapatos de meu pai. Vou preparar um pacote hoje mesmo.

Klara agradeceu com a voz embargada e os olhos úmidos. Caminhavam no centro de Hamburgo. Os sinos das igrejas repicavam e as lojas se enfeitavam para o fim de ano, mas Klara estava triste. Saudosa do campo, contou que nessa época os conterrâneos trocavam pães e doces. O frio cheirava a lenha e a neve alcançava os joelhos. Na igreja, crianças seguravam velas e cantavam músicas tão comoventes que a plateia soluçava. Rixas eram perdoadas e carrancudos sorriam. Os Hansen reuniam parentes para jantar em torno da lareira. Cada convidado trazia uma comida diferente e as crianças ganhavam brinquedos — exceto Hugo, que invariavelmente estava de castigo.

Relapso na escola, o irmão de Klara era pródigo em travessuras como soltar os bichos do pai e distribuir verduras para mendigos acotovelados na porteira do sítio. Certa vez ofendera o pastor da aldeia com palavrões que lhe custaram gargarejos com sabão diluído em água quente. Martha Hansen recusou os préstimos de um exorcista, temendo que Hugo fosse o próprio demônio que ele pretendia expulsar. Amava o filho como Deus ama a criatura: com seus defeitos, não apesar deles. Aos treze anos o rapaz passou a tomar banho pelado num rio só para escandalizar as lavadeiras, que cobriam os olhos com os dedos espaçados porque tudo nele era lindo. Aos catorze, arrotou blasfêmias num Sábado de Aleluia e levou uma bofetada do pai. Aos quinze, engravidou a trapezista de um circo. Aos dezesseis, partiu para Hamburgo em busca de prazeres mundanos.

Em 1932, o mato tomava as plantações e os bichos definhavam nos currais porque nada se comprava ou vendia na aldeia. Obrigado a contrair um empréstimo bancário na cidade grande, o pai de Klara presenciou um comício que culpava os judeus pela crise econômica mundial. Quem, senão os judeus, proclamara a República de Weimar para empossar baderneiros no lugar do kaiser Guilherme II? Quem, senão os judeus, destroçara o país com o Tratado de Versalhes e provocara a hiperinflação dos anos 1920, quando cada gole de cerveja tinha um preço diferente e fornalhas se acendiam com bilhões de marcos? Quem estava por trás do capitalismo de Wall Street e do bolchevismo moscovita? Quem transformara Berlim num antro de cabarés e sinagogas? Judeus! Judeus! Judeus!

Malditos judeus, rosnou Georg Hansen ao perder o sítio para os credores. Morreu de pneumonia num sanatório e foi enterrado por coveiros mais esquálidos do que os defuntos num cemitério em Buxtehude. Em 1933, Klara e a mãe tomaram um trem para Hamburgo à procura de Hugo. Conseguiram encontrar o rapaz num bairro bastante digno para seus ganhos de estivador e os três passaram a dividir um apartamentinho na Hallerstrasse. Klara e a mãe trabalhavam numa tinturaria de segunda a sexta, em expedientes vespertinos sem hora para acabar. Aos sábados, Klara cumpria o turno matinal e passeava com Sofia à tarde.

Eram momentos felizes. Klara adorava ver as vitrines do Centro e fazer ponderações complexas. Como seria este *tailleur* sem tantos bolsos? Que tal botões dourados nesta blusa? Sofia fingia interesse, evitando reações que pudessem melindrar a amiga e trincar algum cristal naquela relação. Achava maravilhoso ter alguém admirando seus saberes e rindo de suas piadas. Klara invejava sua inteligência, sua cultura, seus cabelos, sua desenvoltura ao confessar audácias como desejos eróticos e discorrer sobre ciclos menstruais. Sofia também invejava Klara. Afinal, a amiga era uma legítima ariana que podia andar de peito erguido, sem depender de valentias e complacências para ser aceita pelos outros.

Mas Klara estava acabrunhada naquela véspera de Natal. Para animá-la, Sofia a convidou para um chocolate quente no

Pavilhão Alster. Ocuparam uma mesa com vista para o lago. Perto delas, um violinista remoía uma valsa triste enquanto uma criança embevecia os pais dizendo *Heil Hitler*. Klara pediu uma torta; Sofia, um *Apfelstrudel*.

— Ainda vou ganhar dinheiro para tirar mamãe daquele apartamento — disse Klara. — Morar com Hugo é um desgosto para nós duas. Passei anos sem desenhar por causa dele.

— O que houve?

— Sempre gostei de desenhar mulheres elegantes. Um dia Hugo me pediu para desenhar mulheres sem roupa com a promessa de não mostrar os desenhos para ninguém. Pois mostrou para todo mundo. Foi horrível. Meus pais brigaram comigo, os meninos da escola zombaram de mim, um pastor disse que aquilo era heresia. Passei anos sem desenhar, mas a vontade voltou graças a você — e entregou para Sofia uma pilha de papéis com seu rosto traçado a lápis. — É o meu presente de Natal. Gostou?

Sofia se viu retratada com uma precisão espantosa: Sofia triste, Sofia feliz, Sofia calma, Sofia ansiosa.

— Gostou? — Klara insistiu.

Sofia eufórica, Sofia esperançosa, Sofia sarcástica, Sofia temerosa.

— Gostou?

Sofia e os desenhos se encaravam sem saber quem espelhava quem. Não faltavam sutilezas como sua testa franzida nas horas aflitas, a comissura dos lábios sugerindo ironia, os vincos de alguma dúvida repentina.

— Gostou? — Klara já começava a ficar nervosa.

O violinista se aproximou. Sofia fingiu coçar o rosto para ganhar tempo. Estava constrangida, quase humilhada, sentindo-se devassada por um olhar que presumia míope o bastante para só enxergá-la como ela queria ser enxergada: segura, alegre, determinada. Grande engano: Klara era íntima de suas fragilidades, até de artifícios como fingir coçar o rosto para ganhar tempo; conhecia todos os seus cacoetes e alardeava isso com desenhos primorosos, como quem delata os truques do mágico em cena aberta.

Foi então que o garçom esbarrou no violinista e uma bandeja desabou atrás das duas. Pratos e comidas ao chão. Corre-corre. Klara deu um berro ao ver seus desenhos rodopiarem sobre mesas vizinhas. O *maître* e outros garçons vieram desfazer a bagunça enquanto Sofia e Klara engatinhavam para catar os papéis. Um deles caíra numa sopa, outro se enroscava nos penachos de um chapéu. Sofia ficou lívida:

— O que é isto?

No verso de um desenho, letras mimeografadas conclamavam o povo a votar contra Hitler no referendo sobre a retirada alemã da Liga das Nações. Todos os desenhos tinham aquilo impresso no verso! Sofia pegou todos os papéis, deu uma nota graúda para o *maître* e puxou Klara para a rua. Mal conseguia falar de tão nervosa:

— A Gestapo vai nos matar se formos pegas com isto!

Até os marrecos do Lago Alster sabiam que propagandas contra Hitler estavam proibidas no Terceiro Reich. Sofia picotou os desenhos:

— Por acaso você enlouqueceu?! — e jogou os restos na água.

Klara pediu desculpas, vexada pela estupidez. É que faltavam papéis em casa para desenhar.

— Onde achou esses panfletos?

— Não posso dizer.

No bonde para casa, Klara começou a chorar implorando que a amiga esquecesse o assunto. Pela primeira vez Sofia teve a impressão de que a relação das duas estava em risco. Klara escondia algum segredo.

Quatro dias depois, a árvore de Natal era inaugurada na escola.

* * *

Trezentas e tantas alunas se perfilavam no pátio. O diretor cumprimentou autoridades num palanque e mandou sua secretária expulsar Sofia Stern do evento. Só arianos poderiam participar da cerimônia.

— *Schnell!** — ordenou a mulher.

Estarrecida, Sofia explicou que há um mês ensaiava a Canção de Horst Wessel** com as colegas.

— *Schnell!* — repetiu a secretária, apontando o portão de saída. — *Schnell!*

Klara tentou sorrir ao seu lado:

— Não se preocupe comigo, estarei bem.

Não era verdade e sua palidez falava por si.

— *Schnell!*

Sofia despediu-se da amiga com um olhar aflito e deixou o pátio, caminhando entre moças uniformizadas. Cabisbaixa, cruzou o portão da escola e se debruçou num muro para ver as colegas de braço erguido: *Heil Hitler, Sieg Heil!* A bandeira do Partido subiu ao mastro, saudada pelo coral: *Milhões olham já para a suástica, cheios de esperança / O dia da Liberdade e do Pão desponta!*

---

* Rápido; depressa.
** Hino do Partido Nacional-Socialista durante o Terceiro Reich.

Terminada a canção, o diretor chamou as ouvintes de "pioneiras da nova civilização" e fez um discurso sobre a típica mulher ariana. A receita da felicidade consistia em três palavras começadas com a letra k: *Kinder, Küche, Kirche.** Aplausos fervorosos. O futuro do Reich depende de seus "ventres fecundos", proclamou o diretor, pois o campo de batalha da mulher alemã era o lar e sua maior conquista eram os filhos. Mais aplausos fervorosos. Revoltado, o homem acusou o Natal cristão de se apropriar da cultura nórdica para sabotar a humanidade com "valores semitas". Há dois milênios, judeus e discípulos vinham comemorando o nascimento de um menino israelita no solstício de inverno, o dia mais curto do ano, quando ancestrais nórdicos celebravam o renascimento do Sol. Nada de bom poderia resultar de um calendário baseado numa circuncisão judaica. Mais aplausos fervorosos.

O clímax da cerimônia se deu quando um homem de túnica acendeu uma pira próxima a um pinheiro com uma suástica no topo. Barba grisalha, vestindo um capacete com chifres, era o representante do deus Odin. As labaredas iluminaram a árvore. *Heil Hitler, Sieg Heil, Heil mein Führer!*** Ao som de cantigas alemãs, as alunas foram autorizadas a trocar presentes.

Debruçada no muro, Sofia imaginou Klara sendo assediada por colegas mal-intencionadas. A classe espumava de ódio ao ver as duas grudadas, sem precisar de ninguém, conversando durante os recreios como se o mundo não

---

* "Criança, cozinha, igreja". Expressão consagrada no regime nazista para definir a prioridade da "boa mulher ariana".

** Salve Hitler, salve a vitória, salve meu líder!

existisse. As invejosas as apelidaram de par de velas: ambas brancas e esguias com seus cabelos loiros penteados do mesmo modo: num dia trançados; noutro, soltos ou repuxados para trás.

Sofia escalou uma árvore e tentou avistar Klara no pátio da escola. Ouviu risos estridentes e cantigas natalinas. A revanche lhe ocorreu num lampejo. Uma ideia desvairada, sem dúvida, mas necessária. Correu para casa e afiou a lança para o embate. Nem só de prudências se fazem as vitórias.

* * *

Meia hora depois

Noite escura, as alunas ofereciam donativos para a campanha beneficente do Partido Nacional-Socialista. Klara tinha acabado de pôr seu pacote aos pés da árvore de Natal quando foi abordada pelo professor de teoria racial. O sangue de Sofia Stern era um coquetel venenoso, alertou o homem. Não bastasse a porção judaica, a outra metade era fiel ao Vaticano, e não a Berlim.

— Não podemos tolerar o convívio com raças inferiores. Até animais selvagens sabem respeitar as leis da natureza, prestigiando os mais fortes em detrimento dos fracos. Pense nos leões, nas onças, nos elefantes, nos rinocerontes. O que seria deles sem o domínio e a proteção dos mais favorecidos? E digo...

— Feliz Natal.

Klara levou um susto ao escutar a voz da amiga no burburinho do pátio.

— Feliz Natal — ouviu de novo.

Atrás dela, Sofia carregava um grande embrulho vermelho com fitas prateadas.

— Abra o seu presente — e o entregou para a amiga.

— Aqui?!

— Agora.

Klara pôs o embrulho no chão e desdobrou o papel com uma lentidão torturante para as curiosas testemunhas. A notícia chocou a escola: Sofia Stern tinha voltado. Klara abriu uma caixa com blocos de desenho, crayons importados dos Estados Unidos, lapiseiras, borrachas, apontadores e um imenso estojo de lápis coloridos da marca suíça Caran d'Ache. O degradê dos lápis pasmou a plateia: entre o amarelo e o vermelho, uma gama de alaranjados. Três gradações de turquesa separavam o azul do verde. Havia até um lápis dourado. Todas as cores do mundo cabiam naquele estojo. Alguém previu o acinte nas aulas de arte: Klara indecisa entre dez tonalidades para tingir o sol enquanto as colegas fariam bolas amarelas.

Sofia e Klara se abraçaram aos prantos, pegaram a caixa nos braços e deixaram o pátio sem pedir licença às colegas, que recuavam aos solavancos como se abrissem alas para duas altezas. Pisaram a rua às gargalhadas. Nunca riram tanto (e de tantos), saltitantes pelo bairro, até o cansaço despejá-las num banco da Bornplatz.

Sofia disse que havia comprado o presente no dia anterior, mas só pretendia entregá-lo na véspera do Natal.

— Mudei meus planos para me vingar de nossas colegas.

Klara estava deliciada, apesar da dúvida:

— Onde conseguiu dinheiro para comprar tudo isso?

— Se quer mesmo saber, primeiro diga onde arranjou aqueles papéis.

— Que papéis?

— Os panfletos.

Klara desfez o sorriso e tentou desconversar, mas Sofia falava sério:

— Agora você tem blocos de desenho e já não precisa desenhar em panfletos políticos.

Klara relutou, mas Sofia insistiu:

— Amigas de verdade não escondem segredos.

Klara olhou para os lados e contorceu as mãos:

— Aqueles papéis...

Ia completar a frase quando alguém veio berrando:

— Klara! Klara!

A mãe atravessava a rua em desespero:

— Klara! Oh, graças a Deus! Você está bem? Ligaram da escola dizendo que algo muito grave tinha acontecido! Você está bem?! O que aconteceu?! Oh, Deus seja louvado! Deus seja louvado!

* * *

Janeiro, 1934

Bateram à porta com tanta força que os vizinhos acordaram para assistir à cena: escoltados por homens fardados, Walter e Sofia foram metidos num carro preto que arrancou na madrugada. Walter levava uma maleta, Sofia não levava nada.

Meia hora de curvas e solavancos terminaram num palácio onde um mordomo apreensivo conduziu pai e filha para um salão com um magnífico Steinway de cauda. O mordomo explicou que o piano precisava de ajustes urgentes para a récita que um virtuose de Leipzig ameaçara cancelar por causa de uns bemóis rascantes. O evento reuniria proeminências do governo na manhã seguinte. Quatro afinadores arianos já tinham desistido da tarefa.

Foram longas horas de chaves e alicates. Walter repuxou bordões e conferiu martelos com o afinco habitual. Concluído o trabalho, o mordomo agitou um sininho e policiais trouxeram uma mulher careca e magricela num trapo, algemada nos punhos e nos tornozelos. Um fio de voz pediu que lhe tirassem as algemas. Não tiraram. A mulher se sentou diante do piano e examinou o teclado como o enxadrista examina o tabuleiro. Posicionado o banco, empertigou a coluna e começou.

Só a mão esquerda tocava, arrastando a outra na algema. Um dilúvio de graves e agudos foi seguido de um trinado melodioso. Algum improviso amalucado? Doçura, euforia, tristeza e cólera: uma peça de alta complexidade. Sofia não era a única maravilhada — o mordomo soluçou quando um arpejo culminou numa trovoada. Ninguém se mexeu até a música esmorecer num sopro lírico e dissonante. Silêncio. Todos se entreolharam, num deslumbre inoportuno. Resfolegante sobre as teclas, a mulher recebeu um safanão e foi levada embora em seu trapo encardido.

Em casa, Sofia perguntou o que tinham escutado.

— Concerto para mão esquerda — disse o pai. — Composição de Maurice Ravel para um amigo que perdeu o braço na Guerra Mundial.

A pianista era uma detenta do presídio de Fuhlsbüttel, próximo ao palácio. Seu rosto encovado ainda transpirava altivez durante a apresentação, mas Sofia não tinha a quem contar a novidade porque Klara havia desaparecido desde a noite de inauguração da árvore de Natal.

Proibida de assistir às aulas, Sofia vagava feito alma penada nos arredores da escola e da Tinturaria Weiss. Será que a amiga estava doente? Talvez estivesse confinada em casa ou em algum internato, rabiscando paredes com seus lápis Caran d'Ache.

Ah, o silêncio! O infinito mora em suas ressonâncias. Será que ainda eram amigas ou estariam brigadas para sempre? Será que Klara ainda a amava como antes? Se não pudessem salvar a amizade, o que fariam com o tanto que sabiam uma da outra? Onde se guardam lembranças incômodas? Onde se guardam emoções abrasivas? Deveriam agir como estranhas caso se cruzassem na rua? Nenhuma nostalgia, nenhum afeto póstumo, duas íntimas desconhecidas?

Sofia nunca mais teria com quem conversar. Até as dançarinas de St. Pauli andavam arredias com ela e o negro Old Joe estava de partida para os Estados Unidos depois de ver seu piano estraçalhado por camisas-pardas.

— Vamos para o Harlem — convidou o homem depois da última apresentação num bar da Cidade Velha. — Você vai brilhar no Cotton Club com essa voz sensacional.

— Não posso deixar meu pai sozinho.

— Vá quando puder. Estarei à sua espera.

Old Joe zarpava em boa hora: vide a alegria do dono do bar. O homem estava eufórico porque o filho, médico recém-formado, havia substituído um cirurgião judeu exonerado de um hospital em Altona. Enquanto isso um dos garçons se orgulhava de presidir uma liga que tinha até hino e brasão. Todos faziam parte de alguma agremiação na nova Alemanha.

Afinidades e diferenças eram questões políticas, não pessoais. Os interesses do Reich pairavam acima de questões pessoais. Filhos delatavam os pais, irmãos se estranhavam e estranhos se irmanavam em nome do *Führer*. Walter Stern fora poupado de frequentar uma associação de cegos por ser judeu. Melhor assim. Sua aversão a alianças compulsórias remontava à Guerra Mundial. Não cansava de contar para Sofia como havia perdido a visão em 1918.

Milhões de norte-americanos cruzavam o Atlântico para derrotar a Alemanha. Walter lutava em Épernay, perto de Paris, subordinado a um tenente que odiava judeus porque um deles, o general australiano John Monash, vencera os alemães num embate devastador para os "chucrutes". O que mais irritava o tenente era o fato de Monash ser filho de um casal prussiano que havia migrado para Melbourne no século XIX. Seus filhos vão matar os meus, esbravejou o tenente ao mandar o soldado Stern colher propagandas lançadas por aviões britânicos recomendando a rendição alemã "antes que fosse tarde".

Afundado em lodo, Stern percorreu um paliteiro de árvores decapitadas que teriam sido videiras para a produção de champanhe. Assobiou uma cantiga para afugentar o medo, enchendo sacas de lona, ansiando o fim da guerra para voltar a vestir paletós de casimira e ouvir mazurcas de Chopin no lugar de bombas e tiros. Morava numa trincheira lamacenta com milhares de soldados infestados de piolhos e roídos por ratos, comendo rações enlatadas que cheiravam a merda.

O front era farto de lendas sobre tropas fantasmas à caça de seus algozes. Foi por isso que Walter sentiu um calafrio ao ver um homem mascarado empunhando uma baioneta. O calafrio aumentou quando ele compreendeu que o homem não só estava encarnado, como era um inimigo britânico. Na farda bege, um cinturão com granadas. Os dois se encararam, estáticos, até uma fumaça amarela revolver seus tornozelos. Gás mostarda! Uma lufada daquilo exterminava batalhões.

Walter conseguiu roubar a baioneta do outro e cravá-la em sua barriga. O inimigo tombou aos gritos, empapado de sangue. Walter lhe arrancou a máscara, já irritado pelo gás adocicado. Tentava encaixar a coisa no rosto ao enxergar um kipá.* Um kipá azul. Walter matara um judeu como ele. Em nome do kaiser Guilherme II, em nome do Império Alemão, Walter matara um patrício.

Condecorado por bravura, nunca se gabou do feito que lhe rendeu uma pensão vitalícia por invalidez. Quinze anos depois, dependia da renda estatal para custear a vida porque a clientela minguava e os melhores pianos de Hamburgo só podiam ser tocados por afinadores arianos. O Steinway da semana anterior era uma saudosa exceção quando alguém esmurrou a porta dos Stern no meio da madrugada.

Outra missão secreta? Walter mandou a filha atender e foi lavar o rosto.

— Já vou! — Sofia avisou enquanto vestia um casaco. Só não fora acordada porque rolava na cama há horas, sem saber como esconder do pai que sua pensão por invalidez fora cassada pelo governo. — Já vou!

---

* Solidéu; pequeno chapéu sem abas usado por homens judeus.

Torceu a chave, imaginando homens fardados à porta. Puxou a maçaneta e deparou exatamente com o que temia: uma suástica num uniforme escuro. Só que a pessoa à sua frente não era um homem de Hitler.

Oh mein Gott! Era Klara Hansen.

* * *

Sofia ainda não conhecia Klara em abril de 1933, quando camisas-pardas ocuparam as ruas de Hamburgo com cartazes antissemitas e agrediram quem entrasse em lojas de judeus. Só corajosos se atreviam a façanhas como usar creme Nivea e afinar pianos com Walter Stern.

A rotina era uma teia de presságios e ambiguidades: cada rosto, uma senha. Sorrisos não sorriam, silêncios não silenciavam. Sofia se sentia num teatro de sombras até Klara Hansen cair dos céus para lhe devolver o direito de olhar nos olhos e dizer o que pensava antes de pensar no que diria. Ser querida e respeitada era uma extravagância. Klara gostava dela com uma naturalidade destemida ou ingênua. Gostava porque gostava. E muito. Sofia se descobria a criatura mais especial do mundo — e mais vulnerável também, pois o medo de perder Klara era paralisante. Um mês de terror terminou quando a outra apareceu à sua porta vestindo o uniforme da Liga das Moças Alemãs.

— Sou eu, Sofia. Sou eu!

Klara carregava uma maleta e um mantô de golas felpudas. Boina e saia azul-marinho, usava uma blusa branca com uma suástica no peito e jaqueta marrom.

— Que cara é essa, Sofia? Não me reconhece?

Agarraram-se com um grito e rolaram no chão às gargalhadas, derrubando móveis na sala. A histeria foi tanta que tiveram de beber água com açúcar porque as palavras saíam pela metade. Ofegante, Klara conseguiu explicar que chegava da Bavária.

— Passei quatro semanas numa colônia da Liga das Moças Alemãs. Foi o diretor da escola quem me mandou para lá. As moças da Liga me obrigaram a dormir num pavilhão com milhares de camas. Parecia um hospital. Você não imagina a angústia. Eu queria lhe escrever. Não deixaram. Fiquei apavorada, depois me acostumei. Elas foram muito pacientes comigo. Jogamos bola, dançamos, aprendi a cozinhar. Senti tanto sua falta... Levei seu presente de Natal comigo. Veja isto.

Num bloco de desenho, estandartes com suásticas numa parada militar e cenas cotidianas em Munique. Em destaque, a cervejaria que Hitler frequentava antes de assumir o poder. Noutro bloco, uma coleção de vestidos com especificações de tecidos, estampas, adereços e acabamentos. Klara mostrou tocos coloridos no estojo de lápis Caran d'Ache.

— Ficaram assim! Eu desenhava o tempo inteiro para sentir você perto de mim. Ganhei este uniforme de uma monitora. Um modelo novo pode custar até sessenta marcos do Reich. Foi criado na Escola de Moda de Frankfurt e aprovado pelo próprio *Führer*. Preciso guardá-lo aqui por causa de meu irmão. Ele botaria fogo na roupa e em mim também. Me empreste um cabide, por favor. Meus sábados serão passados numa colônia da Liga aqui em Hamburgo. Estou triste porque não vamos passear como antigamente.

Sofia só escutava.

— Estou exausta, viajei o dia inteiro — continuou Klara, desabotoando a blusa. — Meus desenhos serão publicados na próxima edição da revista da Liga, não é fantástico? Oh, sim! Mamãe quer muito conhecê-la. Venha almoçar conosco amanhã. Esteja em frente ao nosso prédio ao meio--dia. Combinado? Ótimo! Cuide bem de meu uniforme. *Auf Wiedersehen!*

* * *

Sofia passou o resto da noite em claro. Espanou, varreu, arrumou a casa e cozinhou batatas ouvindo música no velho gramofone do pai. Às seis da manhã dançava canções de Josephine Baker, a negra norte-americana que rebolava seminua nos cabarés parisienses. Às sete, erguia o braço direito diante do espelho. Só evitou dizer *Heil Hitler* para não despertar o pai. Saia, blusa, jaqueta, boina: estava esplêndida no uniforme de Klara.

Oh, mundo injusto! Sofia podia enxergar e escutar perfeitamente, tinha dentes ótimos e quase nunca adoecia. Linda, loira, esguia, olhos azuis, não era nariguda nem fedia a alho como tantos judeus. Uma alemã exemplar. Estudara em boas escolas enquanto Klara Hansen engordava porcos e galinhas num brejo em Altes Land. Por que a amiga tinha de ser ariana e ela, mestiça? Oh, mundo injusto!

* * *

Ao meio-dia desfilava um casacão de *tweed* na Hallerstrasse. Cabelos trançados e perfume suave, tinha comido pão em casa para dosar o apetite à mesa de Martha Hansen. Trazia um bolo de uma confeitaria cuja vitrine informava: *Deutsches Geschäft*.* Estava nervosíssima: por que a mãe da amiga queria conhecê-la?

Klara abriu a porta do prédio na hora marcada:

— Estou tão feliz... Obrigada pelo bolo! Mamãe nos espera, mas antes vou lhe mostrar uma coisa. Venha comigo. — Puxou Sofia por um corredor até uma portinhola de ferro sob o vão de uma escada para os andares superiores. Klara pôs o bolo num canto e selou os lábios da amiga: silêncio! Desceram até as fundações do prédio pisando em degraus escorregadios. Klara acendeu uma vela e cruzaram um salão úmido e escuro. Atordoada, Sofia foi metida num túnel gelado com paredes ladrilhadas.

— Aonde vamos?

Klara não respondeu, andando à frente com a vela na mão. Certamente ela não morava naquela catacumba. Ou morava? Sofia já não sabia se tremia de medo ou de frio, vendo a chama definhar no pavio. Klara parou de repente:

— Aqui. Segure a vela.

Chaves, ferrolhos, rangidos. Klara atarraxou uma lâmpada no teto de um quartinho com tralhas empoeiradas e removeu uma caixa que escondia uma máquina com rodas dentadas, duas bobinas e uma manivela. O cheiro de álcool era sufocante.

— Isto é um mimeógrafo. Daqui vieram aqueles panfletos — sussurrou. — Meu irmão trabalha para a oposição clandestina dos social-democratas. Já viajou várias vezes para Praga e Copenhague. Um aloprado. Moramos aqui em cima. Ele desce por um buraco embaixo do colchão. Pronto!

---

* Loja alemã pertencente a pessoas arianas ou legitimamente alemãs, segundo os parâmetros nazistas; loja de não judeu.

Já contei meu segredo. Agora conte como conseguiu dinheiro para comprar meu presente de Natal.

Desconcertada, Sofia preferiu adiar o assunto. Era uma longa história. Klara só concordou porque a mãe as esperava com a panela no fogo.

* * *

Martha Hansen secou as mãos no avental e analisou Sofia de alto a baixo. Soltando os cabelos pretos, pediu que Klara desligasse o fogo e escorresse o macarrão. Não havia aspereza no sotaque com o qual convidou Sofia a se sentar numa poltrona desbotada. Era uma senhora bonita, olhar melancólico, pele morena de sol. Morava com os filhos num cubículo arejado por um único basculante. Roupas se amontoavam no chão e a mesa de refeições era uma tábua encostada à parede. Um lençol pregado ao teto separava o canto onde os três dormiam. O banheiro ficava num pátio e era dividido com vizinhos.

— Não tenho nada contra a amizade de vocês duas. Nada. Somos todos filhos de Deus, nascidos num dia para morrer noutro. Cristãos, judeus, muçulmanos. Se houver guerra, vamos todos comer coelhos juntos. Passei quatro anos comendo esse bicho na Guerra Mundial. Coelhos são limpinhos, não fazem barulho e crescem em qualquer lugar. Mas não estamos aqui para falar de coelhos. Deixemos o amanhã cuidar de si mesmo. Basta a cada dia o seu mal, ensina o Apóstolo Mateus.

"Chamei você por outro motivo. Klara, venha cá, quero combinar uma coisa com as duas. Nunca se falem na rua, nunca se cumprimentem na frente dos outros. Encontrem-se apenas aqui ou na casa de Sofia, sejam discretas e não digam para absolutamente ninguém que são amigas."

Martha relembrou o encontro com o diretor da escola depois da inauguração da árvore de Natal. Inquirida sobre os hábitos da filha, jurou ignorar que ela andasse em más companhias. Ressaltou seu amor à Alemanha, sua presteza ao varrer a casa, ao costurar roupas, ao desossar galinhas. Falava com a voz firme e serena, sem pigarros protelatórios. Bem impressionado, o diretor aconselhou Martha Hansen a afastar a filha de Sofia Stern. O primeiro passo seria enviá-la para uma colônia da Liga das Moças Alemãs na Baviera. Martha Hansen assentiu educadamente quando o homem sugeriu sua filiação ao Partido Nacional-Socialista. Dissimulou a ojeriza à suástica e a disposição de só enverga aquilo sob a mira de mil espingardas. Engatilhadas.

O almoço consistia em macarrão com salsichas. Antes de comer, Martha e Klara fecharam os olhos e agradeceram a Deus o pão de cada dia. Seus sibilos reverentes foram interrompidos por um jorro d'água atrás do lençol pregado ao teto. Sofia só entendeu que não era água quando um rapaz puxou o lençol segurando um penico. Calça de algodão amarrada à cintura, tronco liso e magro, Hugo Hansen tinha o cabelo castanho arruivado.

— Você é a amiga *Mischling** de minha irmã? — perguntou bocejando. — Klara e mamãe adoram rezar, mas Deus nunca vai perdoá-las. Não adianta insistir. Ele nunca vai nos perdoar por tê-lo inventado.

---

* Termo usado na Alemanha nazista para indivíduos com ascendência mestiça para os padrões raciais do Terceiro Reich.

Sofia sorriu discretamente e os dois se olharam. Hugo se espreguiçava quando perdeu o equilíbrio e caiu para trás. Sofia tentou socorrê-lo, mas tropeçou e caiu junto. Martha e Klara custaram a entender a cena. Por que Sofia tremia tanto? O que estava acontecendo? Fosse o que fosse, tinha começado com um susto. E nunca acabaria.

Capítulo 6

Alemanha, 2013

Parques floridos, casas de tijolos aparentes, mercados com frutas na calçada: Hamburgo era bem diferente do cenário gótico e nevoento que eu tinha imaginado. O taxista disse que estávamos com sorte por chegar numa tarde amena e ensolarada em pleno outono:

— Isto é o que chamamos de *Altweibersommer*, um verão fora de época.

Vovó parecia bem-disposta depois de dormir no avião e comprar cigarros Gauloises na escala em Paris. Passamos por um bairro universitário com jovens de mochila, livrarias e cafés. Ela apontou um platô entre construções modernas:

— Bornplatz. Aqui ficava a Grande Sinagoga que Hitler destruiu. Está vendo aquele prédio antigo? Escola Talmud Tora. Meu pai afinou um piano ali.

O motorista estacionou o carro para vermos de perto plaquetas douradas nas calçadas. Tradicionais na Alemanha, as *Stolpersteine* (placas para tropeçar) homenageiam vítimas das barbaridades nazistas. À porta de um prédio, quatro plaquetas nomeavam moradores deportados em 1942 para Theresienstadt em 1942: pai, mãe, filhos. O mais jovem tinha seis anos. Estávamos numa rua arborizada, com prédios baixos e vilas de casas geminadas. Crianças brincavam numa varanda e o vento agitava os móbiles de um café com mesas na calçada.

Hamburgo era um tributo ao tempo. O passado se afirmava em cada esquina, em cada jardim, em vias inacabadas e planícies que evocavam as destruições da Segunda Guerra. O motorista contou que as colinas de um parque eram formadas por escombros e que um centro comercial fora construído sobre um cemitério judaico. Vestígios do nazismo pairavam na brisa e era precisamente um deles que nos trazia à Alemanha.

Cinco anos antes, o operador de uma retroescavadeira havia deparado com um bunker subterrâneo durante a construção de um supermercado. No terreno vivera o taciturno Jürgen Schiffer. Empregado do Hamburger Alsterbank desde os anos 1930, Schiffer fora um discreto serviçal encarregado da locação de cofres de uma agência na Cidade Nova. Escapou ileso do Terceiro Reich, tanto física quanto moralmente, para retomar suas funções depois da guerra.

Usou o mesmo perfume por mais quarenta anos, aferrado à rotina até se aposentar, em 1985, e morrer duas décadas depois. Não falava com ninguém — ou quase ninguém, a julgar pelos mexericos num tabloide especializado em escândalos sexuais. Os mexericos não prosperaram porque o público estava mais interessado nos dossiês encontrados no bunker do sr. Schiffer, com informações sobre os cofres de sua agência no período nazista. Bombardeado em 1943, o banco foi reduzido a ruínas calcinadas. Embora os cofres subterrâneos estivessem intactos, os objetos ali guardados desapareceram: dinheiro, joias, documentos, obras de arte, até remédios mencionados nos documentos do sr. Schiffer.

Descoberto o bunker, os dossiês foram examinados por peritos nomeados pelo Staatsanwaltschaft, o Ministério Público alemão. O consenso comoveu a opinião pública. Tudo ali era autêntico, apto a surtir efeitos legais. Hordas de requerentes invadiram os saguões do tribunal, que mobilizou uma força-tarefa de juízes. Até transcrições mediúnicas e mechas de cabelo tentavam vincular os requerentes aos falecidos titulares dos cofres. Diretores do Hamburger Alsterbank se reuniram num prédio cercado por manifestantes com suásticas e estrelas amarelas. O banco rechaçou acusações de antissemitismo, provando que os antigos clientes sequer tinham nomes judaicos. Provavelmente eram pessoas sem poder político ou econômico para expatriar seus bens durante a guerra.

Ninguém entendeu por que o metódico sr. Schiffer havia inventariado o conteúdo dos cofres. Advogados do banco questionaram a sanidade mental do funcionário, ressaltando que seus dossiês eram o único indício material dos acervos supostamente guardados na agência bombardeada em 1943. No auge da controvérsia, um conselho de magistrados determinou que o banco indenizasse os herdeiros dos locatários com base naquela documentação, contanto que eles comprovassem seus direitos sucessórios.

Para alívio do banco, a maioria dos cofres estava em desuso ou guardava objetos de valor duvidoso como quadros sem assinatura e "estatuetas vulgares", nos termos do próprio sr. Schiffer. A joia da coroa era o legado de Klara

Hansen, uma jovem de vinte anos morta em novembro de 1938. O acervo incluía preciosidades como uma caixinha de ouro de Carl Fabergé, cinco broches *art nouveau* de René Lalique, um relógio Cartier, uma gargantilha de pedras indianas, abotoaduras Bulgari, oito anéis, um pingente do britânico Archibald Knox e uma *minaudière* de Van Cleef & Arpels cravejada de diamantes. O banco se dispunha a pagar sete milhões de euros "a quem de direito", sempre ressalvando que os inventários do sr. Schiffer poderiam ser fruto de "devaneios inconsequentes" e que a indenização só era oferecida porque o benefício da dúvida recomendava o encerramento do caso. O que circulava nos bastidores, contudo, era que o Hamburger Alsterbank corria riscos imponderáveis se alguma peça do patrimônio de Klara Hansen aparecesse, gerando a presunção de existência de todo o acervo. No caso, sete milhões de euros seriam a esmola precursora da fortuna devida ao beneficiário da indenização. E quem seria o beneficiário?

Datada de 28 de outubro de 1938, uma carta de Klara Hansen legava suas joias à "amiga Sofia Stern" caso ela, Klara, desaparecesse ou morresse antes da outra. A carta vinha grampeada a contratos de compra, a recibos e a certificados de propriedade das peças. Nenhuma pessoa chamada Sofia Stern havia comparecido pessoalmente ao processo judicial no Tribunal de Hamburgo. Em compensação, sobravam descendentes de mulheres com esse nome, todas mortas.

Em cinco anos de litigância, as provas apresentadas pelos requerentes não haviam persuadido Julia Kaufmann a assinar a sentença. Pressionada por leis processuais, a juíza já se resignava a favorecer três larápios que se declaravam filhos de uma Sofia Stern afogada em 1955. Os três apresentavam cartas pessoais, uma lista escolar de 1934 e fotografias da mãe abraçada a uma suposta Klara Hansen, além de testemunhos verossímeis. Ainda assim, a intuição de Julia Kaufmann era categórica: os requerentes não passavam de charlatães. Contrariada, a juíza ultimava a sentença quando recebeu um e-mail do serviço de rastreamento da Cruz Vermelha Alemã. Um brasileiro havia preenchido um formulário informando que Sofia Stern era sua avó e que os dois moravam no Rio de Janeiro. Julia conferiu o formulário e as imagens anexadas. Releu o formulário e reviu as imagens. Andando em círculos, digitou catorze números no celular. Sinais sonoros completaram a chamada para o Brasil:

— *Mr. W., can you hear me? Do you speak English?*

Passei um mês providenciando a habilitação de vovó no processo do Hamburger Alsterbank. Certidões foram vertidas para o alemão e um advogado de Hamburgo marcou um depoimento de vovó no tribunal. Suas declarações sobre Klara Hansen seriam endossadas pelos manuscritos no livro marrom e pelo passaporte de 1938.

Ensaiamos o depoimento de vovó antes do embarque e ela se comprometeu a fazer o possível para ganharmos a causa. Seu reencontro com Hamburgo me deixou francamente emocionado, só que eu queria ir logo para o hotel, cansado de aviões e aeroportos. Vovó não arredava os olhos de um pátio escolar com crianças brincando. Colado ao pátio, um prédio de tijolos vermelhos. Ouvíamos risadas e o rangido de gangorras e carrosséis. Ouvíamos a Canção de Horst Wessel e o rugido de labaredas.

— Ali...

— Ali o que, vovó?

— A árvore de Natal ficava ali. — Silêncio. — Quase me expulsaram da escola, mas o diretor me permitiu ficar, contanto que... Contanto que eu me arrependesse de meus erros publicamente. Tive de pedir desculpas às colegas, de sala em sala, por ter "estragado" a inauguração da árvore.

— Por que não procurou outra escola?

— Eu tinha medo de perder Klara, mas não por causa dela. Não por causa dela...

Capítulo 7

Alemanha, 1934

Seis horas da manhã. Sofia desceu as escadas da estação de metrô em St. Pauli e aguardou o trem andando na plataforma. Gorro de visom e mantô cinzento, escondia na calcinha os lucros da noite. Todo cuidado era pouco. Ninguém ganhava ou perdia dinheiro por bons motivos naquelas bandas.

Traficar drogas nunca passara por sua cabeça até o incidente com o pai no Cabaré Alkazar. Usuário contumaz de morfina desde a Guerra Mundial, Walter Stern já acordava tateando a cabeceira da cama à procura dos comprimidos. Só que ele tinha tomado o remédio errado naquela manhã. Trêmulo e nauseado, afinava o piano do Alkazar ao ser acudido por uma artista também viciada em morfina. Sofia constatou que todo o elenco do cabaré comprava a droga no mercado negro porque ela não era vendida em farmácias comuns. O próprio Walter só tinha acesso a uma cota mensal que o governo fornecia para ex-combatentes como ele, viciados em opiáceos. Sofia cuidava dos trâmites e assinava os recibos dos frascos no Hospital de Eppendorf.

Um dia ela apareceu desesperada, implorando aos médicos que aumentassem a dose do pai. O homem suava e tremia, a fala embargada e um tique nervoso lhe entortando o rosto. Os médicos dobraram a quantidade de comprimidos receitada, achando que Walter tivesse desenvolvido tolerância à droga. Só não sabiam que o paciente tomava placebo enquanto sua morfina supria os cabarés de St. Pauli.

Sofia se consagrou como a fada madrinha da Reeperbahn. Os dançarinos já deixavam envelopado o dinheiro que custeava luxos como roupas novas, carne fresca e o presente de Klara Hansen no último Natal.

— É muito errado o que você está fazendo! — indignou-se a amiga ao saber a verdade.

Sofia explicou que agia por extrema necessidade. Preferia ganhar dinheiro honestamente em vez de frequentar as noites de St. Pauli. Mentira. Klara nunca compreenderia sua adoração por coxias e camarins. Perucas, penachos, pinturas, bebidas, cigarros e morfina. Desde criança Sofia ficava excitadíssima com a algazarra dos bastidores, vendo homenzarrões moverem roldanas para mudar cenários enquanto costureiros alfinetavam Cleópatras e Napoleões. Admirava os truques com os quais putas e artistas alegravam quem conseguisse estar mais triste do que eles. Orgulhava-se de ter tocado o narigão de Sig Arno nos tempos republicanos e aplaudido a graça roliça de Claire Waldoff com suas canções satíricas. Há dois anos drogava meio mundo e escondia os lucros na calcinha. Cumprido o expediente, via o sol nascer na Reeperbahn, entre cenas prosaicas como prostitutas descabeladas indo comprar pão e marujos remelentos cambaleando de volta para o cais.

— O que você faz está errado — condenou Klara com veemência, folheando um bloco de desenho. — Mas vamos deixar esse assunto para depois. Gosta desse modelo? O que acha dessa padronagem?

Acabara de vencer um concurso para elaborar os figurinos de abertura do desfile da Liga das Moças Alemãs no dia 20 de abril, aniversário do *Führer*. Seus esboços haviam encantado a comissão julgadora: vestidos de algodão com mangas bufantes e saias estufadas com anáguas. Passara dez dias fuçando lojas de tecido até escolher uma estampa floral para o protótipo que Martha Hansen produziu e a própria Klara vestiu para a comissão. Bem impressionada, a direção da Liga encarregou Martha de confeccionar os doze vestidos da ala de abertura.

A mãe se demitira da Tinturaria Weiss e vivia de casa em casa, tirando medidas, tomando notas e aceitando serviços adicionais que haviam financiado uma máquina de costura Singer. Klara também pretendia deixar a tinturaria. O apartamento na Hallerstrasse se convertera numa oficina atulhada de panos e acessórios. Irritado com o matraquear da máquina, Hugo xingou as duas de fascista e deu um ultimato para caírem fora do apartamento. Martha ainda tentou pregar a união dos filhos contra o "inimigo comum". O que eles teriam aprendido com a astúcia dos corvos de Altes Land quando as galinhas descuidavam dos ovos para se bicar no poleiro do sítio?

Hugo gostava de provocar a irmã andando seminu pelo apartamento, sem se importar com a presença de Sofia. Um dia as duas faziam uma redação intitulada "A dimensão histórica do Terceiro Reich". Escreviam frases pomposas enquanto Sofia disfarçava espiadelas nas cicatrizes do rapaz. De repente Hugo arrancou o texto de Klara e riu do trecho que chamava Hitler de "inimigo capital da ameaça moscovita".

— Vocês realmente acham que Hitler e Stalin são diferentes? Não sejam tolas! Vou lhes contar uma história para que entendam de vez a condição humana. A Fábula da Cidade Mascarada. Era um lugar onde todos andavam mascarados. Ninguém podia mostrar o rosto naquela cidade. Sempre fora assim e continuaria a ser. Regras são regras. Quem as violasse morreria apedrejado. Até que um dia aconteceu... — e narrou uma história profética.

Sofia ficou impressionada. Alguma anedota de cervejaria? Alguma parábola camponesa?

— Nada disso — diria Klara mais tarde. — Hugo sempre gostou de inventar histórias para conquistar mulheres. Cuidado! Essa tal de fábula é uma isca envenenada.

Sofia pensava no alerta da amiga ao esperar o metrô na estação de St. Pauli. Estava exausta, os cabelos pegajosos e fedidos a tabaco. Rondara bordéis, cervejarias, cabarés. Na calcinha, cento e poucos marcos do Reich.

O trem estacionou na plataforma e as portas se abriram com um relincho ensurdecedor. Sofia sentiu um calafrio ao reconhecê-lo no vagão. Barba malfeita, cabelos desgrenhados, casaco de couro preto, Hugo se esparramava num banco afastado. Escondida no gorro, Sofia ocupou seu lugar e estremeceu.

Sim, estava apaixonada. A vida adulta se prometia mais desafiadora do que ela podia imaginar. Já na infância havia percebido que o mundo se fartava de amores desperdiçados e que a recíproca mais comum entre as pessoas era a indiferença mútua. Nunca enfrentara um desejo tão feroz e incontrolável. Olhou-se no reflexo da janela: quem é você? Por que Hugo Hansen? Seu hálito embaçava o vidro. O irmão de Klara era o avesso do marido com o qual sonhara, um homem convencional que brincasse com as crianças depois do trabalho. Aos domingos ririam dos macacos no Jardim Zoológico e tomariam sorvete em algum parque de diversões. Os verões seriam aproveitados numa praia do Báltico. As crianças fariam castelos de areia e ela leria romances sobre amores impossíveis, como aquele que sentia agora.

Saltaram na Estação Hallerstrasse, ele trôpego à frente, ela enfiada no gorro de visom. Era uma bela manhã de primavera. A cidade vestia trajes leves e coloridos em vez de agasalhos soturnos que transformavam os invernos em cortejos fúnebres. Hugo já estava perto de casa ao desviar os passos, pisotear um canteiro florido e atravessar a rua em disparada. Sofia foi atrás sem entender nada. Esbaforida, viu o rapaz entrar numa via transversal e quase derrubar um senhor de bengala antes de ziguezaguear entre as árvores de uma praça e lavar o rosto nas águas de um chafariz. Sofia ficou enojada: Klara tinha razões para chamá-lo de maluco. Terminada a lavagem, Hugo caminhou até uma casa de esquina. Era uma bonita casa de tijolos com uma janela ao estilo *bay window*. Uma mulher de camisola abriu a porta e os dois se beijaram. Cabelos compridos, camisola verde-clara, barriga proeminente... De quem ela estava grávida?

Os dois mal haviam entrado em casa quando outro homem apareceu à porta e tocou um sino:

— Eva Maria, sou eu! Eva Maria, está me escutando?

A mulher abriu a janela e fez um aceno afoito, pedindo que ele aguardasse. O homem aguardou com impaciência, coçando a barba e olhando em volta. Teria seus quarenta anos. Minutos depois, a mulher abriu a porta e apontou a barriga, explicando alguma coisa. Beijos e abraços. Bastou a porta se fechar para Hugo saltar da janela e se escafeder dali.

Raiva. Sofia sentiu raiva. O cretino estava envolvido com uma mulher casada! Pobre marido! Será que Hugo também havia seduzido Eva Maria com fábulas inebriantes? Miserável! Sofia tirou o gorro, desabotoou o casaco e voltou para casa rosnando palavrões. Esquecê-lo era questão de honra. Adeus, Hugo Hansen! *Auf Wiedersehen*!

* * *

A Fábula da Cidade Mascarada

Era um lugar onde todos andavam mascarados. Ninguém podia mostrar o rosto naquela cidade. Sempre tinha sido assim e sempre seria assim. Regras são regras. Quem as violasse morreria apedrejado. Até que um dia aconteceu.

Um homem parou no meio da rua e tirou a máscara. Escândalo na cidade: aquilo nunca havia acontecido! Faltaram pedras para atirar no homem, que fugiu da multidão enfurecida. Qual fim levou? Uns disseram que tinha morrido; outros, que tinha escapado. Com ou sem vida, o homem desmascarado sumiu e a paz voltou à cidade.

Mas nada seria como antes. No princípio, o gesto do homem desmascarado serviu para assustar criancinhas até uma delas perguntar por que todos tinham de usar máscaras na cidade. Ninguém conseguiu responder.

Um dia, um grupo de pessoas decidiu se reunir para discutir o uso de máscaras na cidade. Havia um único consenso no grupo: a admiração pelo homem desmascarado. Foi então que decidiram honrar seu exemplo. Desafiando dogmas milenares e abrindo um corajoso precedente, saíram às ruas com máscaras de seu ídolo.

A cidade se dividiu entre mascarados conservadores e desmascarados revolucionários. Rivais ferrenhos, só tinham uma coisa em comum: as máscaras.

Conservadores e revolucionários divergiam em tudo, do alfinete ao foguete. Havia polêmica para todos os gostos e gostos para todas as polêmicas. Uns acusavam os outros por todos os males do mundo. Conservadores pregavam o respeito às tradições enquanto revolucionários defendiam um futuro sem máscaras, adorando seu ídolo em longos rituais. A discórdia reinava na cidade quando aconteceu de novo.

Teria sido numa madrugada chuvosa. Bastante idoso, o homem desmascarado foi visto numa periferia abandonada. Testemunhas o reconheceram de imediato, o mártir redivivo!

Milhares saíram à caça do homem, vasculhando becos e metralhando penumbras. Nunca se soube quantos morreram no conflito — nem, tampouco, quantos sobreviveram.

Dia claro, o pobre homem desmascarado foi flagrado no único lugar onde jamais seria procurado: na delegacia policial, à espera da Lei. Já não aguentava viver longe da cidade. Levou um susto ao saber que tinha discípulos. Amargou fome e frio numa caverna enquanto a cidade se reunia em praça pública para selar seu destino. Ninguém sabia o que fazer com ele. Houve uma votação e o resultado foi aplaudido com euforia.

Na data marcada, o homem desmascarado viu conservadores e revolucionários prontos para apedrejá-lo num pátio. Chegou a reconhecer o próprio rosto em várias máscaras, mas achou que fosse delírio. Não faria sentido ser atacado pelos próprios discípulos. Verdades à parte, teve uma única certeza antes da pedrada derradeira: nunca, na História, houvera tanta gente igual na cidade mascarada.

Dois meses depois

Fotografia sem título. Crianças brincando num jardim ensolarado: quatro meninas e quatro meninos. Ao fundo, duas casas simples.

Título da fotografia: Kibutz* Degânia, Galileia, 1928. Dois rapazes brancos e musculosos lavrando a terra com enxadas.

A exposição acontecia no Timpe Café, ponto de encontro da esquerda judaica no Grindel. Casa cheia, vinhos e charutos, às oito horas começaria um debate chamado "Coletivismo e individualidade nos *kibutzim* da Palestina". Sofia trazia o pai na esperança de animá-lo, mas o clima pesava na comunidade judaica. Deixar a Alemanha era o assunto da noite. Ninguém mais ousava chamar Hitler de nuvem passageira.

Dias antes, Walter e a filha almoçavam na casa de amigos que recebiam uma pianista de Berlim. Sionista fervorosa, Recha Feier intimou Sofia a se mudar para a Terra de Israel. Perplexidade à mesa: quem seria louco o suficiente para trocar Hamburgo pelas dunas tórridas da Palestina? O projeto sionista talvez conviesse aos *Ostjuden*** da Polônia, da Rússia ou da Ucrânia, vítimas de massacres e expulsões que nunca ocorreriam na civilizada Alemanha.

— Seríamos estrangeiros em Tel-Aviv — ponderou o patriarca. — Aqui somos alemães.

Recha Feier se exaltou:

— Eis o pior dos enganos. Vocês se julgam alemães, mas não são. Burgueses, comunistas, sionistas, religiosos? Tolice! Um comunista alemão é um comunista, mas o comunista judeu é um judeu. Um burguês alemão é um burguês, mas o burguês judeu é um judeu. Um assassino judeu é um judeu. Até o meio judeu é um judeu.

---

* Fazenda coletiva ou comunidade agrícola.
** Judeus procedentes do leste europeu.

Silêncio à mesa. Recha Feier encarou os convidados:

— Sinto odor de pólvora, meus caros. E não é pólvora de revólveres, mas de canhões. Por favor, não riam. O ceticismo é o ventre do Diabo.

Voltando-se para Sofia:

— Ouça bem, querida: se seu judaísmo não vier de dentro, virá de fora. Procure um centro de treinamento sionista. Você vai aprender hebraico numa fazenda cheia de rapazes bonitos.

* * *

Recha Feier tinha razão, a julgar pelas fotografias na exposição do Timpe Café. Sofia se imaginou colhendo laranjas na Galileia, perto daqueles rapazes musculosos e longe das mágoas do dia a dia, que não eram poucas. Na escola, professores ignoravam suas perguntas e lhe atribuíam notas baixas em provas mal corrigidas. Os recreios eram perambulações solitárias, pois ela não podia falar com Klara. Para piorar, a amiga andava cada vez mais esquisita.

A última novidade tinha nome, sobrenome e patente. Vinte e seis anos, Gustav von Fritsch surgira na Tinturaria Weiss com uma farda preta em mau estado: botões frouxos, manchas oleosas e uma insígnia desfiada na gola. O conserto exigia urgência porque ele viajaria para Berlim naquela noite. Klara aplicou talco nas manchas e restaurou a insígnia com fios de prata, depois descosturou o tecido do paletó para ajustar uma entretela e refez a bainha da calça porque linhas de remate marcavam a sarja preta. A braçadeira vermelha foi lustrada com uma flanela úmida que deu viço à suástica. Às seis horas, Klara tocava a campainha da mansão em Rothenbaum.

Gustav von Fritsch veio pessoalmente conferir a roupa para descobri-la tão perfeita quanto a moça à porta. A governanta avisou que o jantar estava servido, mas os olhos do rapaz eram cativos de Klara Hansen. Primeiro-tenente da Leibstandarte da SS, cuidaria da segurança pessoal do *Führer* em sua próxima visita a Hamburgo, marcada para agosto. A agenda do líder incluía um passeio em carro aberto e um coquetel no Hotel Atlântico.

— Quer me acompanhar no coquetel?

Klara estremeceu:

— Eu iria desmaiar diante do *Führer*...

A governanta interrompeu os arrulhos do patrão, sem negar os encantos da moça. Seios altivos, loira, cintura firme, Klara só pecava pela pobreza. Gustav beijou-lhe a mão e prometeu procurá-la assim que voltasse de Berlim.

Klara estava exultante ao contar a novidade para Sofia:

— Ele telefona todos os dias de Berlim para a Tinturaria Weiss! Não posso recusar o convite para o coquetel. É uma oportunidade única para ver o *Führer*. Falta apenas um mês e nem sei o que vestir. Gosta desse esboço aqui? Crepe de seda. Prefere azul-cobalto ou cinza-chumbo?

— Azul-cobalto está bom...

— Concordo, mas já fiz um vestido azul-cobalto para a sra. Berger, mãe de nossa colega Marlene. Nem posso acreditar que vou conhecer o *Führer*! Você sabia que ele é vegetariano porque ama os bichos?

A carreira de Klara prosperava desde o desfile comemorativo ao aniversário de Hitler. Foram muitos os cumprimentos pelos vestidos da ala de abertura. Na semana seguinte, ela aceitava encomendas de senhoras eminentes e ouvia coisas como "emancipar a moda alemã dos cânones franceses". Um dia aconteceu o inevitável:

— Pedi demissão da Tinturaria Weiss, mas preciso de um lugar para trabalhar. Hugo só não me expulsou de casa por causa de mamãe. Um dia vou morar sozinha e você terá um quarto só seu. Muita gente mantém relações secretas com judeus, sabia? O próprio *Führer* teve um médico judeu na Áustria e dizem que Magda Goebbels se veste com um modista judeu em Berlim. Você será minha amiga secreta. Agora me ajude a decidir: azul-cobalto ou cinza-chumbo no coquetel do Hotel Atlântico?

Klara se transformava no avesso da moça rústica que se deslumbrava com escadas rolantes e letreiros luminosos. Seu porte era outro, sua fisionomia tinha um quê triunfal e seus desenhos coloriam as revistas da Liga das Moças Alemãs. Só falava em babados e laçarotes para professoras e colegas. A vida lhe sorria com todos os dentes. O único assunto capaz de aborrecê-la era Hugo.

Sofia já não sentia tremeliques ao vê-lo enrolado em trapos sumários nem achava graça em suas piadas quando ia visitar a amiga. Havia homens mais bonitos no mundo, e os lavradores da Galileia eram prova disso na exposição do Timpe Café.

A palestra começou na hora marcada. Salão lotado, três intelectuais puseram-se a falar da rotina nos *kibutzim*: comunhão, disciplina, privacidade. Pela primeira vez Sofia invejou judeus de verdade. Por mais perseguidos que fossem, podiam rezar e sonhar juntos. Já mestiços como ela viviam num limbo aflitivo, sem rumo nem identidade. Desinteressado da palestra, Walter fez uma careta rabugenta e disse à filha que sua única terra prometida era o cemitério de Ottensen. Passava os domingos afagando os túmulos de pais e avós, determinado a se enterrar ali após saber que o local seria fechado para novos sepultamentos até o fim do ano, por falta de espaço.

Sofia notou na plateia um homem barbado. De onde o conhecia? Parecia inquieto na primeira fila. De repente, o homem levantou-se e deixou o salão, empurrando quem estivesse pelo caminho. Sofia o reconheceu num estalo: o marido da grávida. Sim, da grávida que era amante de Hugo Hansen.

O homem saiu do café com estardalhaço e Sofia foi atrás. Era uma noite abafada e sem lua. Duas quadras adiante, ele dispensou o sino à porta e usou uma chave para entrar em casa. Sofia prendeu o fôlego, escondida atrás de uma árvore. Maus pressentimentos.

Mas nada aconteceu. Feliz ou infelizmente, reinava o silêncio na casa do homem barbado. Sofia sentiu vergonha de estar ali e não no Timpe Café. Quase aliviada, já se preparava para ir embora quando ouviu o primeiro estrondo. Um vizinho saiu à rua para ver o que acontecia. Outro estrondo e gritos na casa do homem barbado. Gritos de homem e de mulher. Vizinhos na calçada. Sofia quase desmaiou ao ver Hugo e o homem barbado se arremessarem pela janela, aos socos e pontapés. A mulher grávida surgiu enrolada numa toalha e implorou socorro enquanto o marido chutava a cara de Hugo, que se encolhia no chão sem reagir. Sofia atravessou a rua e pulou nas costas do barbado:

— Bata em mim! Bata em mim!

Hugo se contorcia no chão, livre dos chutes porque o homem rodopiava tentando se soltar de Sofia. A mulher grávida esmurrou os dois até conseguir desgrudar o marido daquela louca e arrastá-lo pela barba para dentro de casa.

— Um médico! — Sofia agarrou Hugo. — Um médico!

— Não é preciso — murmurou ele, sangrando muito. — Estou bem.

Hugo custou a ficar de pé. Um médico, Sofia implorava. Não é preciso, ele insistia.

— Vamos para o hospital.

Hugo a empurrou bruscamente:

— Vou para casa. Estou bem, me deixe em paz. Tchau!
— E sumiu na noite.

Humilhadíssima, Sofia recompôs o vestido, limpou os braços e foi buscar o pai no Timpe Café. Em casa, mergulhou num banho escaldante. Sangue, sujeira, vergonha. *Oh mein Gott*, como podia ter feito aquilo? Depois do banho, vestiu uma camisola e tomou um calmante. Queria morrer, sumir do mundo. Já tomava o segundo calmante quando alguém bateu à porta.

— Sofia! Sofia!

Era Klara.

— Aconteceu uma desgraça. Hugo chegou em casa todo arrebentado, nem conseguia falar. A polícia apareceu, dois brutamontes com cassetetes. Arrombaram a porta e prenderam Hugo. Uma coisa horrível. Arrastaram o desgraçado até um carro com sirene, mamãe chorando atrás. Minha cabeça vai estourar. Que vexame! Ninguém pode saber que meu irmão foi preso. Gustav von Fritsch vai romper o namoro se souber.

Sofia ofereceu um copo d'água com açúcar, Klara recusou.

— O que aquele vagabundo andou fazendo? Se ele morrer, mamãe morrerá junto e terei apenas você neste mundo.

Abraçaram-se. Sofia a fez tomar a água com açúcar e enxugou sua testa suada. Klara voltava a ser uma pessoa de carne e osso, sem afetações triunfais. Havia ou não espaço para franqueza naquela relação?

— Outro dia mamãe achou passaportes falsos no bolso dele. A polícia deve ter descoberto algo errado.

Sofia quis falar que a prisão de Hugo nada tinha a ver com política, mas Klara deu-lhe um beijo no rosto:

— Preciso voltar para casa. Mamãe está sozinha. Vou faltar à escola amanhã. Por que você está machucada no braço? Reze por mim. Tchau.

Sofia trancou a porta e tomou duas canecas de café. Não seria justo nem inteligente esconder a verdade de Klara, inclusive porque Hugo poderia contar tudo antes dela. Pegou seu mantô e deixou o pai roncando em casa: finalmente conversariam como adultas.

As ruas estavam escuras e vazias. Sofia caminhou firmemente para o embate. Eis a hora de transformar aquela amizade: o preço da conquista é a eterna reconquista. Seria um momento de grandeza e compaixão mútua. Um dia olhariam para trás reconhecendo as lições deixadas por Hugo. Sofia chegou a sentir gratidão pelo rapaz. Não se cresce sem dor — nem sem seus respectivos causadores.

O susto aconteceu na esquina da Hallerstrasse. Vertigem. Será que ela alucinava? Dentro de um carro parado, Hugo Hansen conversava com ninguém menos que o marido traído. Sofia olhou de novo: os próprios! Como dois inimigos podiam falar com tamanha descontração? Como podiam rir daquele jeito? Hugo saltou do carro, que disparou cantando pneu:

— Calma, Sofia. Você vai entender.

Ela recuou.

— Você vai entender.

Sofia tentou se desvencilhar, Hugo insistiu. Boquiaberta, ela ouviu o inusitado.

Milicianos de Hitler haviam destruído e lacrado o escritório do advogado judeu Oskar Adler. Proibido de trabalhar, o homem já estaria longe da Alemanha se os seus conhecimentos jurídicos tivessem alguma serventia no exterior. O que mais preocupava Adler, porém, era a integridade do filho, prestes a nascer amaldiçoado por ser fruto de um casamento racialmente misto. Hugo Hansen se propôs a simular uma relação extraconjugal com a mulher de Adler e assumir a paternidade da criança para que ela fosse reconhecida como ariana. Instaurado àquela madrugada, um inquérito policial contava com o testemunho de cinco vizinhos. O próximo passo seria promover a separação conjugal num tribunal de justiça. Em suma, tudo não passava de uma farsa para salvar uma criança, e ninguém melhor do que Sofia para entender o fardo da mestiçagem.

— Entendeu agora? — Hugo arriscou um sorriso.

Sofia respirou fundo. O mundo voltava a ser mundo, Hugo voltava a ser Hugo: um herói!

— Entendeu agora?

O beijo aconteceu sem prelúdios. Um beijo quente, enérgico. Sofia teria o resto da vida para recordar o êxtase. O mundo era amor. Tudo era amor. Levitava nos braços de Hugo até um grito abreviar o idílio:

— Nãããooo!

Hugo saltou para trás e Sofia caiu de joelhos. Aquele ruído horrível, aquele rosto desnorteado. Não, não podia acreditar. Não podia.

Era Klara.

Capítulo 8

Alemanha, 2013

Vovó começou a dizer coisas incompreensíveis assim que entramos no shopping, movendo os braços como se conversasse com alguém. Excitadíssima, gritava e gargalhava feito criança. Curiosos nos rodearam e alguém me explicou que ela estava falando com o fantasma do pai. Não era o primeiro surto do dia, para a minha agonia.

O depoimento prestado à juíza Julia Kaufmann fora um desastre absoluto. Numa sala de audiências, vovó estreou seu discurso com frases dúbias que o advogado Kurt Vogler me repassou em inglês. Negou ter conhecido Klara Hansen porque "ninguém efetivamente conhecera Klara Hansen". Fiquei possesso. Colocações filosóficas daquela natureza não tinham cabimento num tribunal. Orgulhosa, afirmou saber que a amiga guardava joias num banco porque "não existia segredo entre as duas". Também sabia que seria a herdeira das joias caso Klara morresse ou desaparecesse, e só não havia reclamado seus direitos por "motivos íntimos". Em suma, vovó fazia o contrário do que tínhamos combinado. Ela deveria negar qualquer conhecimento sobre a existência das joias para evitar suspeitas inoportunas. Felizmente a juíza nem abordou a morte de Klara, se é que teve tempo para isso, porque vovó se levantou num ímpeto e entoou a Canção de Horst Wessel com o braço direito estendido. Atordoada, Julia Kaufmann encerrou a sessão e me chamou ao seu gabinete.

Sem preâmbulos:

— Foi um depoimento caótico. Claro que os outros litigantes vão questionar a sanidade de sua avó. Prepare-se para uma luta acirrada.

Cabelos pretos e lisos, olhos âmbar, era uma bela mulher.

— Além do mais, os documentos que vocês trouxeram do Brasil não bastam para comprovar seus direitos. Precisamos de mais subsídios probatórios. Procure esta senhora — e me entregou um papel com um nome anotado.

— Quem é Charlotte Rosenberg?

— É a filha de Hugo Hansen.

Há cinco anos Julia desafiava os protocolos do cargo para fazer jus à vontade de Klara e destinar sua fortuna à verdadeira Sofia Stern. Uma de suas pesquisas revelara que o irmão de Klara Hansen morrera no campo de concentração de Dachau em 1937, quando a filha contava três anos.

— Falei com Charlotte há alguns meses e ela garantiu nunca ter conhecido o pai ou a tia Klara, mas acho que está mentindo. Minha intuição diz que essa senhora esconde algo importante. Ela é dona da Livraria Barth, no Shopping Mercado.

No táxi, vovó olhava a paisagem com o ar sombrio. Evitei comentar seu depoimento no tribunal e não falei sobre Charlotte Rosenberg, alegando que precisava comprar um agasalho no shopping. Vovó parecia acreditar nisso quando quebrei o silêncio:

— Como Klara Hansen conseguiu comprar joias tão valiosas?

— Ela enriqueceu com moda.

— Por que só comprou joias de judeus?

— Klara comprou joias de judeus e não judeus. Muitas pessoas precisavam deixar o país e estavam vendendo coisas. Milhares eram judeus por motivos óbvios. — Subitamente irritada: — Klara fez muitas bobagens na vida, mas posso garantir que não roubou joias de ninguém. Exceto uma.

— Qual?

— Fique tranquilo. Essa joia não estava no cofre do banco.

Saltamos do táxi numa rua para pedestres com lojas e quiosques. Vovó pediu para fumar um cigarro antes de entrar. Parecia tranquila até pisar no shopping e berrar sandices, sorrindo que nem criança, rosto corado e mãos afoitas.

— Venha conosco. Papai quer nos mostrar uma coisa — e puxou-me até um átrio com restaurantes e um jardim de inverno. Espichava a voz, subindo e descendo escadas rolantes, esbarrando nos outros sem pedir desculpas. Emocionada, contou que seu avô paterno trabalhava na indústria Steinway & Sons, em Hamburgo, lidando com caldeiras incandescentes enquanto o filho admirava os pianistas que vinham testar os instrumentos. Walter Stern fora um artista frustrado a quem restara afinar pianos em vez de tocá-los.

O livro marrom dizia que ele havia falecido em 1934 e que a filha o enterrara em segredo, na presença de um rabino e dois coveiros. Foi uma cerimônia rápida no cemitério de Ottensen. Vovó jogou terra no caixão, consolada pela certeza de que o pai não estaria tão sozinho, no outro mundo, quanto ela passava a estar neste. Quase oitenta anos depois, os dois se reencontravam no Shopping Mercado.

Voltando ao átrio central, contornamos o jardim de inverno e descemos até o patamar intermediário de uma escada. Vovó fechou os olhos e rezou numa língua estranha diante de um painel de vidro com inscrições em alemão e hebraico. Não era um painel comercial ou utilitário. Em destaque, uma Estrela de Davi perto do título *Der Jüdische Friedhof zu Ottensen.** Na base: Êxodo, 3:5. "Não se aproxime. Tire as sandálias dos pés, pois o lugar em que você está é terra santa."

O painel informava que o Shopping Mercado fora construído sobre o cemitério judaico de Ottensen, fundado no século XVII e utilizado até 1934. Destruído na guerra, foi comprado por particulares que ali fizeram prédios e armazéns. Meio século depois, o projeto do shopping indignou comunidades judaicas de vários países. Ortodoxos invadiram o canteiro de obras e paralisaram tratores até o impasse ser solucionado com a remoção de quatro mil corpos e a alteração do projeto arquitetônico, transferindo-se um estacionamento subterrâneo para a cobertura do prédio.

Uma espessa laje de concreto separa o shopping de seu subsolo, onde ainda há restos mortais. Uma luminária simboliza a chama eterna em homenagem às pessoas ali sepultadas ou exumadas à revelia das leis judaicas. Ao lado da luminária vê-se uma lista com nomes. Walter Stern era o último deles.

* * *

Corte Chanel e lenço no pescoço, Charlotte Rosenberg atendeu-me com polidez durante uma hora. Meu alegado interesse pela história de Hamburgo lhe custou pesquisas na internet e a apresentação de seis livros bilíngues (em inglês e

---

* Cemitério judaico de Ottensen.

alemão) sem que eu decidisse qual comprar. Falei do Brasil: samba, acarajé, Getúlio Vargas. Falaria mais se Charlotte não perguntasse, delicada mas enfaticamente, o que eu de fato desejava. Constrangido, confessei ter algo pessoal a tratar e fui levado ao seu escritório, uma saleta com um basculante pelo qual eu podia ver vovó numa poltrona da Livraria Barth.

Charlotte desfez o sorriso assim que mencionei Klara Hansen:

— Infelizmente não posso ajudá-lo.

Expliquei que vovó era a melhor amiga de Klara e que havíamos cruzado o Atlântico para resolver um "problema histórico". Charlotte abriu a porta:

— *Auf Wiedersehen, Herr W.*

Sim, ela escondia algo importante.

— *Auf Wiedersehen* — repetiu severamente.

Insisti no apelo e ela ameaçou tocar um alarme. Cabisbaixo, deixei o escritório sem notar que alguém vinha em sentido contrário. Era minha avó. Não sei, nunca soube o que conversaram. Sei apenas que vovó interpelou Charlotte, erguendo a voz, quase berrando, gesticulando com eloquência. Assisti àquilo em estado de choque, inclusive porque ela não sabia quem era Charlotte Rosenberg. Em tese.

A mulher foi se desmanchando, depondo as armas enquanto minha avó falava sem trégua. A cena culminou num abraço caloroso que me deixou pasmo. Comovida, Charlotte pediu encarecidamente que voltássemos na manhã seguinte. Vovó fez uma careta cômica ao sair do shopping:

— Não vai comprar seu casaco?

Jantamos no quarto do hotel e ela adormeceu sem remédios. Estávamos num andar alto, com vista para a torre da Igreja de São Pedro. Num hotel vizinho, hóspedes solitários viam televisão, usavam computadores, falavam ao telefone, passavam roupa. Certamente viajavam a trabalho, assim como eu.

Mais do que nunca dependíamos de provas documentais. Após a perícia técnica, o livro marrom e o passaporte de 1938 seriam apresentados aos meus adversários para suas devidas "considerações" (leia-se, impugnações). Fosse qual fosse a colaboração de Charlotte Rosenberg, não seria fácil pôr a mão em sete milhões de euros.

Na manhã seguinte, a distinta senhora nos aguardava com uma mala em seu escritório. Era uma peça antiga, de couro duro com tachões oxidados, repleta de fotografias e documentos amarelados. Charlotte pegou um arquivo com o processo de separação conjugal movido contra sua mãe pelo advogado Oskar Adler. Num caderno avulso se lia *Polizeiliche Ermittlungen.** Dentro do caderno, um retrato:

— Meu pai.

Vovó engasgou. Num prontuário, Hugo Hansen posava com seus cabelos cacheados, barba malfeita, sobrancelhas grossas, olhar displicente.

— Esse inquérito policial foi instaurado quando meu pai brigou com Oskar Adler, em 1934.

Trêmula, vovó usou os óculos como lentes de aumento. Nenhuma lágrima, nenhum soluço. Hugo chegava a arfar em nossos rostos. Sem dúvida, um homem bonito e expressivo. Eram vários retratos: Hugo de frente, de costas, de perfil. O prontuário informava medidas e sinais fisionômicos, como cor dos olhos, dentição, marcas de nascença, cicatrizes e formato do crânio, do queixo, do nariz, das orelhas. O alinhamento do septo nasal e a curvatura da coluna cervical endossavam o laudo antro-

---

* Investigação, inquérito ou diligência policial.

pométrico: indivíduo antissocial. Segundo o médico do Reich, a expressão facial de Hugo Hansen "não condizia com uma personalidade dotada de discernimento e autocontrole". Ademais, o rapaz caminhava com os pés abertos em passadas irregulares que evidenciavam sua propensão à delinquência. Mais longos do que o normal, os braços alcançavam a metade do fêmur.

— Vejam. — Charlotte se levantou e andou à maneira descrita no prontuário.

Vovó e eu nos entreolhamos. Sabíamos que ela não era filha natural de Hugo e que a separação dos pais fora um artifício para livrá-la da condição de *Mischling*. O susto veio quando Charlotte contou a história tal qual a conhecíamos, *ipsis litteris*, ressalvando um detalhe crucial: seu pai biológico era Hugo Hansen.

— Minha mãe estava grávida dele e os dois enganaram Oskar Adler. Já eram amantes quando minha mãe se casou com o sr. Adler. Sou filha de Hugo e sobrinha de Klara Hansen.

Vovó teve uma crise de tosse e pediu para usar o banheiro. Preocupada, Charlotte perguntou se teria dito alguma inconveniência. Lógico que não, respondi. Nós é que estávamos mal informados.

A própria Charlotte só descobriria a verdade já adulta, tendo enfrentado a guerra numa aldeia da Baixa Saxônia. Completara dez anos ouvindo bombas, dormindo em estábulos, racionando migalhas, tropeçando em cadáveres enquanto a mãe se prostituía num sanatório militar.

— Ela foi perdidamente apaixonada por meu pai, nunca deixou de amá-lo. Morreu na esperança de revê-lo no outro mundo — e observou os retratos de Hugo com uma melancolia quase rancorosa.

— Espero que tenham se reencontrado no outro mundo.

— Não sei se isso aconteceu.

— Por quê?

Charlotte pegou um papel datilografado:

— Consegui este documento no Instituto Internacional de Rastreamento, em Bad Arolsen. É a cópia da ficha de meu pai no campo de concentração de Dachau. Ele morreu em novembro de 1937, com vinte e um anos. O corpo foi cremado em Munique. *Causa mortis*: encefalite viral. O documento é autêntico e confiável. Só que aconteceu algo estranho há três anos: um historiador chamado Manfred Schuster, da Universidade de Hamburgo, veio à livraria para uma palestra sobre países neutros durante a Segunda Guerra. Foi um evento concorrido. *Herr* Schuster falou dos bancos suíços, do ferro sueco, do ouro estocado em Portugal. Eu estava atarefada, servindo bebidas. Não pude prestar atenção à palestra, mas levei um susto quando ele contou uma história.

Charlotte enlaçou os dedos:

— O professor Schuster respondia a uma pergunta do público quando contou uma história chamada A Fábula da Cidade Mascarada.

Claro que eu conhecia A Fábula da Cidade Mascarada!

— Ele queria mostrar que a moral dos homens é frágil como uma folha seca na correnteza. Levei um susto porque minha mãe dizia que Hugo Hansen tinha inventado aquela história.

— Você falou com o professor?

— Sim. Ele teria escutado a fábula na Suíça. Visitava o país há muitos anos para suas pesquisas. Falei sobre meu pai, e o professor me enviou uma lista com nomes e endereços na Suíça alemã. Não havia nenhum Hugo Hansen, o que não me espantou porque muitas pessoas adotaram nomes falsos durante o Terceiro Reich e assim ficaram depois da guerra. De mais a mais, o professor Schuster poderia ter entrevistado algum conhecido de meu pai, quem sabe um sobrevivente de Dachau. Enfim, não tive coragem de ir adiante. Lamentavelmente o professor faleceu no ano passado, mas a lista está aqui.

Eram vinte nomes, endereços e telefones em Zurique, Basileia, Berna e cidades menores. Só me restava ir à luta, embora fosse improvável encontrar Hugo Hansen aos noventa e sete anos. Por outro lado, nem o pessimista mais ortodoxo deixaria de procurá-lo.

Nenhum ceticismo resiste a sete milhões de euros.

Capítulo 9

Alemanha, 1936

Klara sentiu um arrepio quando milhares de pombos sobrevoaram a arquibancada do Estádio Olímpico. A desgraça não demorou a acontecer em seu casaco de gabardine azul, no braço que ela tinha esticado para saudar o *Führer*. Seus palavrões foram abafados pelo coral que anunciava a abertura dos Jogos de Berlim. Gustav von Fritsch lamentou o incidente, sem deixar de criticá-la por usar algo tão chamativo. Sob o casaco, um vestido estampado em quatro cores. Klara ajustou o chapéu de abas largas e conferiu a maquiagem num estojo compacto. Estava linda: sobrancelhas aparadas, batom carmim. À noite, seu longo de seda ofuscaria a farda preta de Gustav num coquetel no Hotel Adlon, perto do Portão de Brandemburgo.

Terminada a cerimônia no Estádio Olímpico, Klara reparou na descontraída elegância de francesas e norte-americanas. Já as alemãs pareciam uns peixes embrulhados em jornais, com exceções como a esposa do ministro da Propaganda, Magda Goebbels.

Berlim estava belíssima. Suásticas gigantescas tremulavam em praças, parques, avenidas. Casais passeavam às margens do Rio Spree, que serpenteava pela cidade com barcos lotados de turistas. No coração do Tiergarten, um obelisco comemorava vitórias contra velhos inimigos que agora disputariam medalhas num clima festivo. Exposições, concertos, desfiles de moda: a capital do Reich era o coração do mundo.

Klara e Gustav se hospedavam no Hotel Excelsior, o maior da Europa, com seu túnel exclusivo para a Estação Anhalter Bahnhof. Estavam juntos há dois anos, só faltavam os sacramentos religiosos. O namoro começara no verão de 1934, durante uma visita de Hitler a Hamburgo. Klara desfilara um modelo de crepe de seda cinza-chumbo no coquetel do Hotel Atlântico. Mal conseguiu manter a pose ao estender a mão para o líder, fascinada com o azul translúcido de seus olhos:

— *Mein Führer*.

Hitler fez uma mesura cavalheiresca:

— Encantado. Espero ter a honra de ser seu padrinho de casamento com Gustav von Fritsch.

Uma semana depois, Klara e Gustav jantaram num restaurante sofisticado. O rapaz viajaria em breve para Essen, encarregado de fiscalizar um projeto bélico na indústria Krupp. O primeiro beijo aconteceu na saída do restaurante. Na manhã seguinte, Klara cambaleava na Hallerstrasse, bêbada, sem entender se tinha consentido em fazer o que fizeram. Não contou nada à mãe.

Gostar ou desgostar de Gustav era um dilema fútil quando Klara ganhou uma pulseira de ouro branco assinada pela joalheria francesa Van Cleef & Arpels. No Natal, jantou com os Von Fritsch na mansão em Rothenbaum. Orgulhosos do primogênito, Rudolf e Olga von Fritsch exibiam sua certidão de pureza racial entre quadros renascentistas. Klara comeu alcachofra e bebeu champanhe enquanto Gustav lhe afagava o púbis por baixo da mesa. Passaram a madrugada num hotel de estivadores em St. Pauli: ele, sôfrego; ela, resignada.

Promovido a Tenente-Coronel da Leibstandarte, em janeiro de 1935 Gustav foi incumbido de patrulhar a ocupação política do Sarre, na fronteira com a França. Klara recebeu cartões-postais sempre terminados com *Heil Hitler*. Em março, o casal compareceu à estreia do filme *O triunfo da vontade*, ela num modelo violeta com botões perolados e barra na cintura. Entrevistada por um repórter do jornal *Hamburger Fremdenblatt*, conclamou as mulheres à luta:

— Não deixemos os homens brilharem sozinhos nesses uniformes estupendos!

O artigo causou polêmica nas altas rodas e consagrou Klara Hansen como uma mulher "audaciosa". Formada no ensino secundário e dispensada da Liga das Moças Alemãs, Klara se matriculou na exclusiva Escola de Moda de Frankfurt graças à influência do namorado. Foi uma aluna contestadora. Achava o guarda-roupa das conterrâneas excessivamente conservador, sem as nuances dos cortes enviesados de Madame Vionnet e a praticidade moderna de Coco Chanel. Seu sonho era conhecer Paris.

Custeado pelos Von Fritsch, um curso de boas maneiras capacitou a moça para o noivado, em julho de 1935. Foi um almoço reservado na mansão em Rothenbaum. No menu, ganso assado e uns bichinhos aquáticos que vinham grudados nas conchas. Martha Hansen comportou-se adequadamente e sorriu para o fotógrafo num *tailleur* verde. O lenço no pescoço cobria as marcas da última briga com o filho, que agora morava na Zona dos Armazéns. Rompido com a mãe e com a irmã, Hugo Hansen deixara o apartamento na Hallerstrasse xingando as duas de "putinhas de Hitler". Martha ficou arrasada; Klara, aliviada. Sonhava com um ateliê no qual pudesse receber a clientela e poupar a mãe de circular pela cidade feito uma vendedora ambulante. Duas máquinas de costura atulhavam o cubículo entre pilhas de tecido e caixas com ferramentas e acessórios.

No outono de 1935, Gustav levou Klara e Martha para um passeio dominical e estacionou seu Mercedes-Benz na elegante Grosse Bleichen, perto do Lago Alster:

— Que tal?

Entraram numa loja vazia com um pátio nos fundos. À direita da vitrine, uma porta independente levava a um apartamento no segundo andar. Nenhuma mobília no térreo e no apartamento, nada além de marcas nas paredes.

— A calefação e as torneiras funcionam perfeitamente. Amanhã virá um eletricista; mês que vem vocês poderão se mudar. Vou contratar um decorador profissional.

Klara deu um grito eufórico e Martha ficou quieta.

Gustav não poupou dinheiro nem ordens a um diligente time de operários enquanto Klara e a mãe frequentavam leilões de móveis com o decorador. O pátio nos fundos foi transformado num gracioso jardim de inverno e o apartamento do segundo andar ganhou uma escada interna para o ateliê. As paredes da loja se ornaram de dourados inspirados no estilo conhecido como *Goût Rothschild*. As cabines para provas tinham espelhos, cabides e poltronas de veludo. A antessala do toalete oferecia maquiagens francesas numa penteadeira do século XVIII. No apartamento na sobreloja, a cozinha recebeu um refrigerador automático e um fogão importados dos Estados Unidos. Na sala foi instalado um fonógrafo automático com rádio embutido. Klara e Martha dormiriam em quartos individuais e suas camas teriam dosséis com cortinas rendadas.

Em dezembro, um incidente abalou o jovem casal. Gustav quase morreu asfixiado enquanto conferia um trabalho de marcenaria no segundo andar. A garganta se fechou repentinamente. No alvoroço, um operário veterano de guerra pegou um estilete e furou o pescoço do Tenente-Coronel na altura da traqueia.

O caso foi abafado porque não convinha aos Von Fritsch propalar a alergia respiratória do filho. Gustav passou uma semana internado. Sempre ao seu lado, Klara foi cordialíssima com os médicos e enfermeiros. Exames laboratoriais comprovaram a intolerância do rapaz a um solvente natural chamado terebintina.

Um coquetel brindou a inauguração do ateliê: Klara num vestido de xantungue cereja e Martha num conjunto de saia e blusa marrom. Garçons serviram champanhe e caviar para magnatas, políticos, artistas e diplomatas. Na fachada, um toldo trazia a inscrição em letras douradas: Maison Hansen.

Em março de 1936, mãe e filha empregavam três costureiras e só atendiam com hora marcada. Considerada um gênio precoce, Klara Hansen sabia desenhar o modelo ideal para cada porte e circunstância — nada de estampas berrantes em senhoras maduras; nada de babados e plissados em corpos roliços. Sua sensibilidade atraía desde matronas até moças impúberes. Ora se inspirava em clássicos franceses, ora nas assimetrias vanguardistas da italiana Elsa Schiaparelli.

Gustav nunca teria opinado sobre as criações da noiva, não fosse o alerta de um superior hierárquico sobre as impertinências dela numa declaração à revista *Elegante Welt*. Klara julgava os franceses imbatíveis nos domínios da moda feminina e ainda falava mal da seda sintética alemã. Gustav deu-lhe uma bronca. Que ela fizesse roupas genuinamente alemãs dali em diante! Que ajudasse o Reich a derrotar as dinastias parisienses! Parecia um imperador de hospício enrolado naquele lençol encardido. Mais bêbada do que ele, Klara mandou o noivo ir cuidar de canhões e levou uma bofetada tão forte que foi parar no Hospital Israelita, perto do hotel de estivadores que o casal frequentava em St. Pauli.

Horas depois, ouvia a "Marcha Nupcial" de Mendelssohn em seu fonógrafo automático. Martha foi despertada pela melodia orquestral e viu a filha chorosa no sofá, abraçada às pernas, um olho roxo e um curativo no pescoço. Klara era a mais frágil e combalida mulher do mundo. Martha quis falar com ela, faltou coragem. Não chegavam a ser íntimas. Klara nunca perdoara sua preferência por Hugo. Martha sabia que a vida da filha era um teatro cínico e opressivo. Também sabia de quem Klara gostava verdadeiramente.

A agulha do fonógrafo voltava ao eixo quando Klara se assoou na manga da camisola.

— Acordada a essa hora, mamãe? — assustou-se.

— Que discos são esses?

— Mendelssohn.

— Não temos discos de Mendelssohn e você sabe que é proibido escutar judeus. Onde achou isso?

— Veja com os próprios olhos.

Na cozinha, Klara abriu um armário com um fundo falso.

— Descobri por acaso.

Boquiaberta, Martha deu com uma escada íngreme para um sótão com paredes de tijolo e uma latrina. Klara acendeu uma vela que iluminou louças, talheres, livros e discos. Num prato de porcelana, letras hebraicas. Num baú, candelabros de prata. Também havia cadernos afivelados e pedaços incinerados de fotografias que cheiravam a fumaça velha. Martha foi terminante:

— Não toque em nada e devolva o que não é seu. Os donos voltarão um dia e quero ser a primeira a lhes dar boas-vindas.

Nunca mais tocaram no assunto — nem deixaram de insinuá-lo. Na semana seguinte, Klara mostrou para a mãe uma suástica em ouro rosa texturizado.

— Gustav quer que eu use esse broche amanhã, num jantar de aniversário da posse do *Führer*.

O pacto foi selado tacitamente. Klara saiu para comprar um tecido estampadíssimo em vermelho e branco num bazar oriental. Martha produziu uma gola com dobras sanfonadas que lembravam um colar elisabetano. Apliques metálicos imitavam dragonas militares nos ombros.

Klara estava grotesca no jantar oficial. Ninguém conseguiu enxergar o broche sob a gola. Chegando em casa, jogou o vestido fora. O broche só não foi junto porque valia dinheiro. Fotografias do evento a mostravam num emaranhado cinzento de panos superpostos. Do broche, nem sinal.

Um dia Gustav enviou um buquê com um convite para a inauguração dos Jogos Olímpicos de Berlim. Foram meses árduos de preparativos. Martha costurou vestidos de gala, um bolero de seda chinesa e um casaco de gabardine, além de roupas leves para eventos diurnos. Klara comprou chapéus, sapatos, meias, bolsas, cintos, maquiagens e perfumes franceses. Chegou à capital do Reich preparada para sóis e chuvas, calores e frios, menos para a revoada de pombos que lhe sujou o casaco no Estádio Olímpico. Quis voltar para o hotel depois da cerimônia, mas Gustav aceitou o convite de um general para jantar no Kurfürstendamm.

Seis casais embarcaram em limusines pretas; Klara importunada por uma austríaca que falava sem parar. Não, não conhecia Viena. Sim, ouvira falar de Johann Strauss.

Também havia notado a presença de negros na equipe norte-americana. Isto mesmo: *Untermenschen!**

Todos riam ostensivamente no restaurante, menos Klara. Ia cochichar alguma coisa no ouvido de Gustav quando um grupo musical os cercou com violinos, um acordeão e instrumentos de sopro. Canecas de cerveja tilintaram: *Heil Hitler!* Duas mulheres rodopiaram em vestidos alegóricos até a melodia acabar. Alguém à mesa disse que o verão de Berlim só era suportável em cartões-postais e que os hamburgueses tinham sorte por morar numa planície amena. Gustav respondeu que o clima era inconstante em Hamburgo e que as quatro estações podiam se revezar num só dia. Um capitão aconselhou Klara a comer uma salada de repolho, mas ela estava nauseada e febril. Um garçom desastrado derramou mostarda em seu casaco de gabardine. Klara não se importou: só queria voltar para o hotel.

Depois do jantar, Gustav dispensou o coquetel no Hotel Adlon para acompanhar dois casais a caminho de um cabaré na Alexanderplatz. Klara reclamou, mas ele não deu importância. Saltaram num lugar chamado Kalkutta. No palco de um salão abafado, um mímico divertia a plateia escoltado por uma banda de anões que emitia ruídos satíricos. Três mesas foram juntadas para acomodar os casais. As mulheres pediram soda, os homens compraram charutos de uma vendedora com um tabuleiro no pescoço.

O mímico fazia caretas histriônicas vendo pinturas modernas mostradas por brutamontes seminus. Escandalizado com uma mulher pontiaguda, o mímico desceu do palco e examinou a plateia com expressões irreverentes. Levou um

---

* Homens inferiores, como eram considerados pela ideologia nazista os "não arianos".

susto tão grande ao flagrar os oficiais da SS que seu rosto perdeu a graça. Os anões calaram os instrumentos; ninguém riu. Gustav e os colegas se entreolhavam quando o mímico abriu a boca com um pavor caricatural e correu de modo desengonçado para o palco. Palmas. Fim do número.

O intervalo demorou além do normal. Rumores e pigarros na penumbra fumacenta. Klara se abanava com um leque emprestado, alheia a uma introdução pianística que ia repetindo notas indefinidamente. Uma mulher despontou no palco com um vestido de lamê dourado decotado no busto e nas costas. Enjoadíssima, Klara correu para o banheiro e vomitou na pia. Olhou-se no espelho, a maquiagem borrada. Sentada num vaso sanitário, admitiu estar grávida. Já suspeitava há semanas. Gustav falaria em aborto, mas ela teria o filho de qualquer jeito. Tentou se levantar, escorregou e caiu. Duas mulheres vieram acudi-la. Ao longe, uma voz familiar.

Voltou para o salão esbarrando em vultos, ouvindo uma música em inglês. Devia ser algo engraçado, pois o público ria à beça. Klara quis vomitar de novo ao deparar com uma mulher no colo do noivo. Era a cantora de lamê dourado. Vertigem. Suor. Klara apertou os olhos para entender aquilo. Calafrios. Conhecia aquela mulher perfeitamente.

Capítulo 10

Sofia continuou a buscar a morfina do pai no Hospital de Eppendorf como se ele estivesse vivo. Dizia aos médicos que Walter Stern andava deprimidíssimo, confinado em casa, olhando o nada que nem coruja empalhada. Claro que a mentira tinha os dias contados, e o último deles aconteceu quando ela deparou com um enfermeiro comovido no saguão do hospital.

— Acabamos de receber sua carta. Nossas sinceras condolências.

Sofia viu sua letra anunciar a morte do pai. Das iniciais encaracoladas aos pingos nos is, a imitação estava impecável. A certeza veio numa ferroada: Klara Hansen. Quem mais faria aquilo? Exímia desenhista, tinha memória absoluta e copiava qualquer coisa com uma acuidade prodigiosa. Não se falavam há três meses, desde aquele beijo desastrado em Hugo. Nem raiva nem rancor. O que Sofia sentiu foi alívio. Um alívio estranho, mas alívio. Preferia a ira à indiferença. De mais a mais, Klara lhe fizera um favor involuntário. A morte do pai era revelada em boa hora, sem traumas nem sequelas.

Do hospital, Sofia seguiu direto para St. Pauli e bateu à porta de cabarés, cervejarias, tabacarias e salões de bilhar. Procurava trabalho, qualquer trabalho. A vida andava difícil na Reeperbahn, reclamaram velhos clientes. Ofensivas policiais interrompiam espetáculos e desfalcavam elencos. Ninguém se atrevia a encenar sátiras desde a prisão de um comediante manco que teria aludido ao pé torto do ministro Goebbels. Desde então só se falavam platitudes apolíticas nos palcos. Sofia relutava em procurar bordéis ao receber a proposta de uma atriz veterana que fora amante de Walter Stern nos tempos republicanos.

— Você ainda canta em inglês com aquela voz adorável? George Gershwin, Cole Porter, Jerome Kern? Tenho uma oportunidade para você.

Uma jovem cantora havia sumido do mapa, deixando ao relento o pianista que tentava distrair marujos num bar da Grosse Freiheit.

— O cachê será um prato de comida e as gorjetas do público.

Sofia aceitou o convite por falta de alternativa. Nunca havia cantado profissionalmente. Num camarim, a mulher corou suas faces com ruge, contornou os olhos de preto e pincelou os lábios de vermelho. Sofia quase caiu da cadeira: quem era a diva no espelho?

— Vá aprendendo a se maquiar, *darling*, pois um dia você vai pintar tudo do pescoço para cima. Qual a sua idade? Só quinze? Você tem muito mais do que isso, porque os anos que se tem são aqueles que virão, e não os que se foram. Que tal este corpete de cetim? Consegue andar em saltos altos? Ponha estes brincos. Precisamos de um nome artístico para você.

E saíram de braços dados na Reeperbahn.

— Está vendo aquela estrela ali? — apontou a atriz. — É a guia dos navegantes, o eixo de nosso pobre planeta. Outras estrelas giram em torno dela e será assim com você também. A partir de hoje, Sofia Stern será conhecida como *Leitstern*. Já temos um Anjo Azul, agora teremos a Estrela Polar.

Sofia estreou com o clássico de Marlene Dietrich, "Falling in love again". Equilibrada nos saltos, surpreendeu o pianista com uma interpretação que abarcava três oitavas. A segunda música foi "Body and soul": *My days have grown so lonely / For you I cry, for you dear only / Why haven't you seen it / I'm all for you / Body and soul*. O pianista se perguntava como aquela menina podia exprimir tão bem as dores da maturidade. Foram oito canções no total. Sofia deixou o palco chorando. No bolso, trinta marcos do Reich.

No dia seguinte, uma plaqueta anunciava à porta do bar: Estrela Polar. Num vestido de tule azul-claro, Sofia fumou charutos do público entoando standards do jazz norte-americano. Foi aplaudida em cena aberta, ganhou flores e até uma proposta de casamento. Saldo: quarenta e cinco marcos do Reich.

Em dois meses tinha renovado o guarda-roupa, quitado dívidas e abandonado a escola. Sua rotina agora consistia em dormir de dia, cantar à noite, autografar postais, tolerar assédios e sentir falta de Hugo Hansen. Procurava o rapaz nas plateias do bar, no metrô, nas ruas do Grindel e nos antros de St. Pauli. Era pensando nele que Sofia conquistava o público com interpretações viscerais.

Em janeiro de 1935 foi contratada pelo prestigiado Cabaré Alkazar. Agora também contava piadas entre as canções, inspirada em musas de outrora como Claire Waldoff. Espíritos maledicentes indagavam para quem e para quantos ela se apresentava fora dos palcos. Sua ascensão intrigava a Reeperbahn.

Um dia Sofia chegou para trabalhar e encontrou "porca judia" em batom no espelho do camarim. Apagou o insulto e se apresentou normalmente, controlando os nervos. Não se iludia sobre sua condição racial: pertencia a uma casta inferior. Cantou "Stormy weather" imaginando as noites de Haifa e Tel-Aviv. O que se escutava por lá? Que tal tomar o primeiro vapor para o Harlem e encontrar Old Joe no Cotton Club? Que tal afivelar as malas e brilhar noutras bandas, feito Marlene Dietrich e Sig Arno?

Terminado o expediente, foi caminhar na Reeperbahn e se enfiou numa transversal para evitar um grupo de bêbados fardados. Um navio apitava ao longe. Mais uma madrugada fria e nevoenta naquela cidade que não era mais sua. Prédios, praças, ruas: íntimos desconhecidos, como Klara Hansen.

De repente, tiros. Sofia se escondeu num beco escuro. Gritos e correria. Acuada atrás de uma pilastra, rezou para o barulho passar. O pai costumava dizer que o medo ensina qualquer um a rezar, lição aprendida na Guerra Mundial. Milhões de soldados ali rezaram pela primeira e última vez enquanto a morte lançava dardos nas trincheiras da Frente Ocidental. Rezaram matando, rezaram morrendo, rezaram para continuar rezando.

Silêncio no beco escuro. Sofia deu passos incertos, tateando paredes.

— Não fale nada, não reaja.

Um homem arfante lhe agarrava o braço.

— Venha comigo. Acho que eles já foram embora.

O homem usava um casaco preto e cheirava a álcool. Sofia o espiou num relance incrédulo: era Hugo Hansen.

— Não fale nada.

Sob as luzes da Reeperbahn:

— Sofia Stern! O que estava fazendo naquele lugar?

Ela não conseguiu responder. Hugo lhe abraçou a cintura e explicou que estava fugindo de uma briga de gangues.

— Baixe o rosto e finja que somos namorados. Quer dançar?

Entraram no Café Heinze, o templo do jazz. Sofia nunca havia estado lá. Centenas de pessoas dançavam num grande salão decorado com néons, ao som de uma banda de negros e morenos: dois saxofonistas, um trompetista e um baterista. Sofia ainda tentava arrumar as ideias ao ser puxada para o centro da pista. Hugo lhe segurou as mãos com movimentos coreográficos que ela foi imitando de maneira atrapalhada até rodopiar como os outros. Então a música parou.

Homens sisudos tomaram o palco. Um deles pegou um microfone e avisou que o espetáculo estava encerrado porque nenhum dos artistas era membro da Câmara de Música do Reich. Vaias e assobios, palavrões e xingamentos.

— Vamos embora — disse Hugo enquanto o salão era tomado por policiais com cassetetes. Contornaram o palco, atravessaram a cozinha, escapuliram do prédio e pularam um muro.

Hugo arrastou Sofia por um breu labiríntico até um cortiço. Ela se deixou levar, num torpor felicíssimo. Entraram num quarto minúsculo, arrancaram as roupas e se atiraram no colchão de palha onde tudo aconteceu.

• • •

— *Os teus beijinhos foram tantos / Meu lábio está em carne viva / Agora exijo outro tanto / Para curar minha ferida.*

Hugo lhe mordiscava a orelha:

— Gostou? Heinrich Heine. Vamos, acorde logo, levante-se porque estamos atrasados.

Sofia cobriu o corpo com um lençol:

— Atrasados para quê?

— Você vai ver.

No Parque da Cidade, Sofia foi apresentada a um grupo de jovens: três mulheres e dois homens. Julius tinha dezoito anos, assim como Hugo. As gêmeas Edna e Elsa se enrolavam em xales coloridos. Günter era o mais alto da turma e dançava *hot jazz* perto de uma vitrola automática. Margot cumprimentou Hugo com um afago malicioso antes de explicar a Sofia que naquele local existira uma estátua do poeta Heinrich Heine.

— Foi destruída pelos nacional-socialistas porque ele era judeu.

Julius lhe ofereceu um gole do rum que passava de boca em boca, mas Sofia só tinha olhos para Hugo e Margot.

— Gosta de Cab Calloway? — perguntou Günter enquanto Edna e Elsa dançavam com trejeitos esvoaçantes.

Sofia sorriu afirmativamente. Julius ergueu a agulha da vitrola:

— *Jovens que fazem a iniciação / Aspiram ao fogo da paixão / Clamor, promessas e feridas / De uma tortura consentida!*

Risos e aplausos. Uma das gêmeas pôs uma cartola na cabeça:

— *Pelos traços inequívocos / De um igual temperamento / Nossos corpos se atraíram / Mesmo sem consentimento.*

E voltaram a sacudir os ossos como se espantassem marimbondos ao som de *hot jazz*. Sofia bebeu tanto rum que chegou embriagada para o show do Alkazar. Enrolou a língua durante as canções, tropeçou no palco, agradeceu as palmas e correu para os braços de Hugo Hansen no Café Heinze. Dançaram aos beijos até o sol nascer e foram para a casa dela.

Hugo era um macho insaciável. Lambia Sofia dos pés à cabeça com um ardor viril e delicado. Um mestre de mãos ásperas, peito liso e boca quente. Gritavam palavrões na hora do gozo, depois conversavam até o desejo voltar e tudo se repetir com requintes cada vez mais excêntricos. Uma semana de volúpia deixou os dois extenuados. Sofia estava feliz, mas também assustada com os meandros do amor, sem saber o que esperar daquele homem. O desejo de torná-lo alguém normal esbarrava num impasse elementar: Hugo gostava de ser quem era: uma alma livre em busca de prazeres e sensações descompromissadas. Não invejava ninguém, não se espelhava em ninguém, vivia metido em confusões e se vangloriava das contravenções portuárias que lhe garantiam o sustento, juntamente com a mesada que o judeu Oskar Adler lhe pagava por ter assumido a paternidade da pequena Charlotte. Cauteloso, simulava uma relação afetiva com a mãe da menina para embasar o processo de separação conjugal de Oskar e Eva Maria.

* * *

Moravam na casa dela há um mês quando brigaram porque Hugo tinha bebido no copo de Margot. Disseram-se grosserias na frente dos outros e selaram a paz com um beijo aplaudido pela própria Margot. Outras brigas aconteceram porque Hugo propunha uma relação moderna, sem vigilâncias estritas. Obediente por falta de alternativa, Sofia se dispôs a posar de *femme fatale* para os amigos dele, pronunciando palavras como *niilismo* e *iconoclastia*, dizendo que casamentos eram convenções hipócritas, rindo de brincadeiras como gritar *Heil Hotler* quando escutavam *hot jazz*. Nunca aludia a Deus, pois Hugo se declarava um "ateu ortodoxo". Falar de Klara também era tabu porque ele abominava a irmã. Hugo amava a liberdade contanto que ela combinasse com suas vontades.

Um dia Sofia conseguiu levá-lo para o Alkazar. Ele passou o espetáculo fumando e bebendo, indiferente aos abraços lânguidos que ela dava noutros homens da plateia só para tentar provocá-lo. Nos dias seguintes, recusou-se a tocá-la alegando cansaço. Mentira. Era ciúme. Hugo nunca confessava fraquezas nem demonstrava afetos. No máximo, aparecia em casa com um uísque importado ou uma caixa de tabaco caribenho e dizia, num tom displicente: para você. Queria ser sempre o centro das atenções e trocava qualquer diálogo civilizado por uma piada tola. Um menino voluntarioso e avesso a responsabilidades. Era Sofia quem fazia as compras domésticas, quem pagava as contas, quem se preocupava com o futuro da relação.

Estavam bêbados quando Hugo admitiu que atuava na oposição social-democrata. Os amigos do Café Heinze não tinham filiações partidárias, mas se engajavam em travessuras como rasgar bandeiras nacional-socialistas ou entupir de areia tanques de viaturas oficiais. Certa vez Julius roubara as roupas de camisas-pardas que nadavam pelados num rio. Sofia não achou graça. Queria uma vida normal, uma família normal, numa casa normal, com eletrodomésticos e porta-retratos sorridentes na sala.

— Vamos morar nos Estados Unidos e deixar a Alemanha para trás — propôs com ternura.

Hugo deu-lhe um beijo:

— Não somos pessoas comuns. Nossos filhos e netos terão orgulho de dizer que combatemos Adolf Hitler.

Ela deu um suspiro esperançoso:

— Isso quer dizer que você terá filhos e netos comigo?

— Pode ser... Mas estou falando dos filhos e netos de nossa geração.

Na primavera, podiam ser vistos comprando legumes no mercado e passeando de mãos dadas. As noites eram menos sôfregas se estivessem sóbrios. Se não estivessem, caíam no sono depois do segundo orgasmo. Nem sempre dançavam no Café Heinze, embora frequentassem os saraus poéticos do Parque da Cidade.

Em maio de 1935, Hugo desapareceu. Andava abatido depois da prisão de correligionários durante uma panfletagem no Dia Nacional do Trabalho. Apavorada, Sofia interrogou seus amigos no Café Heinze para descobrir que Julius e Günter também estavam desaparecidos. Foi uma semana de trevas até ele ressurgir numa madrugada, sorridente, orgulhoso por ter pichado muretas da autoestrada que Hitler havia inaugurado entre Frankfurt e Darmstadt. Sofia deu-lhe um tapa no rosto e ele revidou com um beijo.

No verão, viajaram para a Ilha de Sylt. Comeram peixe, fizeram amor no mar, dormiram num bangalô e não se embriagaram. Hugo era outro homem, calmo e coerente. Voltaram bronzeados para Hamburgo, Sofia contente por tê-lo afastado dos amigos, dos inimigos e do ativismo político. Mas o feitiço acabou quando ele viu manchetes sobre a invasão de um navio alemão atracado no Rio Hudson, em Nova York. Manifestantes haviam queimado bandeiras do Reich e jogado os restos na água. Hugo inflou o peito: será que o mundo finalmente reagia às arbitrariedades de Adolf Hitler?

No Alkazar, aconselharam Sofia a evitar canções norte-americanas até o assunto cair no esquecimento. O clima também desandava no Café Heinze depois de Julius abandonar o grupo sem qualquer justificativa. Soube-se que o rapaz tosara o cabelo para ingressar no Exército. Soube-se também que a vida sexual de Günter fora devassada num relatório encaminhado aos seus pais e que ele tentara suicídio no sanatório onde estava internado. Em setembro, Oskar Adler se enforcou depois da promulgação da Lei para a Proteção do Sangue e da Honra Alemães, que cassava a cidadania de judeus.

Os primeiros sinais de declínio surgiram em outubro. Hugo esperava Sofia à porta do Alkazar com o semblante triste e revoltado, sem vontade de dançar no Café Heinze. Queria porque queria derrubar o regime. Só isso e mais nada.

Em casa, as intimidades conjugais eram alívios rasteiros. Passavam horas fumando, olhando o teto até o sono chegar. Já não havia saraus poéticos no Parque da Cidade. Hugo arranjava brigas no cais do porto, cada vez mais furioso com a situação nacional. Hitler tinha sufocado a oposição, domesticado o Parlamento e instituído o alistamento militar obrigatório para homens com mais de dezoito anos. Picotava o Tratado de Versalhes na cara dos países vizinhos, que nada faziam além de treinar seus atletas para os Jogos Olímpicos de Inverno, marcados para fevereiro de 1936 nos Alpes bávaros.

Em novembro, Hugo apareceu em casa com um espesso envelope azul contendo documentos confidenciais:

— Esconda isso num lugar seguro. Vou sabotar os Jogos Olímpicos de Inverno.

Sofia tentou demovê-lo, mas Hugo estava determinado. Mais que determinado, estava obcecado. E feliz. Sua vida reencontrara um porquê. Voltava a se alimentar direito, a cuidar da higiene, a ser um colosso na cama. Um dia reuniu-se com Margot e Günter, que conseguira escapar do sanatório para viver clandestinamente num porão em Winterhude. Günter tinha bons contatos em Munique, para onde Hugo viajou com os amigos em caráter sigilosíssimo. Talvez regressassem em duas semanas, talvez em três. Talvez não regressassem.

Sofia reviveu o pesadelo da última primavera. Lia e relia todos os jornais, letra por letra, procurando Hugo em colunas policiais e obituários, tão preparada para más notícias que a falta delas nem era consolo. Apresentava-se a duras penas no Alkazar, forçando sorrisos e abreviando espetáculos. Mal se equilibrava no palco, empanturrada de calmantes que lhe embolavam a língua. Hugo a proibira de procurar seus amigos e de tocar no assunto com quem quer que fosse, mas Sofia teve de romper o pacto no início de dezembro. Cantava para um público escasso ao avistar na plateia o ajudante de ordens do Coronel Franz August Schneider. Compreendeu imediatamente que teria outra noite asquerosa pela frente.

A primeira e última aventura acontecera em agosto passado. Sofia fizera aquilo por amor, mas não ao coronel. É que o Exército enviara uma intimação para Hugo Hansen se alistar nas Forças Armadas, cumprindo o determinado por uma nova lei do Reich. Claro que Hugo se recusaria àquilo, com todas as nefastas decorrências do gesto. Sofia resolveu contornar o problema de um modo simples e eficaz. Deitou-se com o Coronel Schneider, admirador confesso que enchia seu camarim de flores. A intimação de Hugo foi revogada com um telefonema enquanto Sofia saciava as taras do homem num quarto de luxo.

Quatro meses depois, o ajudante de ordens do coronel apareceu no camarim:

— Não é o que você pensa, é bem pior. Primeiro veja isto.

Numa fotografia, Hugo agarrava Margot e outras mulheres numa casa noturna em Munique. Noutra fotografia, gargalhava entre vagabundas que lhe amarrotavam a roupa. O ajudante de ordens foi franco:

— Todos os serviços de inteligência do Reich estão mobilizados para garantir o êxito dos Jogos Olímpicos de 1936 em Garmisch-Partenkirchen e em Berlim. A Gestapo e o Exército têm atuado em conjunto por ordem expressa do *Führer*. Seu namorado está na mira dos nossos rapazes há muito tempo. Ele se julga mais esperto do que nós e isso é ótimo. Só resolvemos poupá-lo porque ele é mais útil solto do que preso. Com você não é diferente, Sofia Stern. Ouvimos falar de um envelope azul que Hugo Hansen guarda em casa. Trate de trazê-lo para o Coronel Schneider o mais rápido possível. Ah, sim! Fique tranquila: Hugo Hansen está bem e pretende embarcar para Hamburgo amanhã cedo. Seus amigos embarcaram ontem e já estão na cidade. O Reich conta com sua providencial colaboração, *Frau* Stern. *Heil Hitler!*

Horas depois, Sofia entregava ao coronel o envelope com os tais documentos secretos. Exultante, o militar deu-lhe um impetuoso beijo na boca. Sofia deixou o quartel arrasada. Preferia ter deitado com o Estado-Maior a fazer o que fizera. A visão de Margot nos braços de Hugo atenuava seu remorso, mas aumentava a fúria. Destruiu a casa inteira: móveis, louças, roupas, tudo. Depois misturou uísque com soníferos e desabou no chão. Acordou zonza, vendo Hugo abrir a porta num estado tão deplorável quanto o dela. Quis socá-lo, não conseguiu.

— *Oh mein Gott!* — ele exclamou. — O que aconteceu aqui?

Sofia foi criativa:

— Eram quatro homens de casaco preto. Veja o que fizeram! Arrebentaram tudo e acharam o envelope azul no estofamento da poltrona.

Hugo caiu em prantos. Havia acabado de chegar de Munique e corrido para o esconderijo dos companheiros com quem pretendia sabotar os Jogos Olímpicos. Margot e Günter deveriam aguardá-lo no lugar onde Hugo encontrou sangue e destroços. Alguém teria dito que Margot havia morrido. E não só ela. Hugo chorava convulsivamente:

— Como a Gestapo conseguiu descobrir nosso plano? Como?!

Sofia o abraçou sem dizer nada.

Expulsos do Grindel, os dois se arranjaram numa pensão decrépita em St. Pauli. As paredes do quarto sequer alcançavam o teto e a única latrina do pavimento era disputada por vinte hóspedes. Apático, Hugo emagreceu dez quilos. Mal saía da cama enquanto Sofia tentava se apresentar numa cervejaria decadente, afastada do Alkazar por "motivos de força maior". Era ela quem lhe cortava as unhas, aparava a barba e afagava os cachos nas madrugadas insones. Asmático e catarrento, Hugo foi parar no Hospital Israelita com pneumonia. As perspectivas não eram animadoras quando o médico mostrou para Sofia um frasco com tabletes vermelhos:

— Só isto pode salvá-lo. Prontosil. Dez tabletes ao dia. Mas não temos estoque. As indústrias farmacêuticas nos boicotam porque somos uma instituição judaica.

Sofia procurou o Coronel Schneider e tudo se resolveu em algumas horas. Apareceu no hospital com caixotes da Bayer carregados de Prontosil em tabletes e ampolas. O médico ficou eufórico; Sofia, nem tanto. Queria se debandar da Europa e morar em Nova York, paraíso dos imigrantes governado por um descendente de italianos tão judeus e católicos quanto ela. Mas Hugo preferia ficar na Alemanha fumando haxixe e arranjando confusão com desvalidos no cais do porto. Pelo menos não flertava com outras mulheres, se é que estava em condições de desejá-las.

Em abril veio o convite para a temporada em Berlim. Bordéis e cabarés fervilhavam em bairros populares da capital para entreter os operários que erguiam a cidade olímpica.

O Cabaré Kalkutta era um velho guerreiro na região da Alexanderplatz. Prostitutas assediavam o público de espetáculos grosseiros, não raro uns improvisos satíricos sem valor artístico. Sofia só aceitou o convite para tirar Hugo de Hamburgo. Quem sabe os ares cosmopolitas da capital lhe fariam bem?

Não fizeram. No primeiro dia em Berlim, Hugo implicou com um jornaleco popular que anunciava em letras garrafais a chegada da Estrela Polar. Enciumado, fez brincadeiras ácidas e rasgou o jornal em pedacinhos. Vadiando pelas redondezas do cabaré, entrosou-se com tipos estranhos e trocou insultos com agiotas que extorquiam as putas da região. Sofia ainda tentou empregá-lo no cabaré, mas Hugo não prestava para nada. Dormia e acordava a qualquer hora, avesso a compromissos. Sofia só tolerava aquilo por culpa. Sentia-se a principal (se não a única) responsável pela ruína do namorado e de seus companheiros. Às vezes se olhava no espelho com repulsa: delatora! Céus e infernos se engalfinhavam em sua consciência. Sonhava contar a verdade para Hugo: envelope azul, Coronel Schneider, Margot. Será que ele saberia perdoá-la? Talvez a relação afundasse em águas turvas; talvez sobrevivesse ao revés e os dois aprenderiam a lidar com ambiguidades, como qualquer casal maduro.

Quando a Guerra Espanhola eclodiu, Hugo apareceu bêbado no cabaré com um mapa dos Pirineus e um livro em catalão, resolvido a lutar com os republicanos contra as tropas do General Franco. Sofia o chamou de louco. Deveriam cruzar o Atlântico, isso sim, e levar uma vida normal nos Estados Unidos. Hugo reagiu com sarcasmo: será que os jornais de lá também anunciariam a chegada da Estrela Polar? Xingou Sofia de covarde e partiu com a promessa de nunca mais voltar.

Foi uma semana cruel. Sofia rondou delegacias, hospitais e necrotérios. Alguém teria visto Hugo apedrejando policiais que linchavam uma família de ciganos. Nada se confirmou. A cidade estava apinhada de turistas e o Cabaré Kalkutta lotava todas as noites. Sofia cantava *standards* tocados por um pianista amador, sorrindo sem sorrir, embebida em uísques baratos.

No primeiro dia de agosto, a inauguração dos Jogos Olímpicos transformou Berlim no centro do planeta. Gente de várias latitudes passeava na Kurfürstendamm e na Unter den Linden. Já não se viam bancos amarelos para judeus no Tiergarten. A imprensa só publicava amenidades, como se o Reich fosse um jardim florido e inimigos do Partido não agonizassem num campo de concentração recém-inaugurado nos subúrbios da capital.

Casa cheia, Sofia se espremeu num vestido de lamê dourado, calçou saltos altos e releu os jornais pela enésima vez. Nenhuma notícia de Hugo. Misturava álcool com comprimidos quando o mímico invadiu o camarim:

— Há oficiais da SS na plateia.

— Três casais — confirmou a vendedora de tabaco. — Estão nos fundos do salão, perto dos banheiros.

Anões arfantes:

— O porteiro disse que vieram em dois carrões.

O que oficiais graúdos faziam naquela espelunca? Teriam errado de endereço? Sofia retocou a maquiagem:

— Já cantei para generais, estou acostumada.

Foi então que Hugo apareceu fedendo a álcool:

— Vamos furar os pneus dos carrões.

Sofia pulou da cadeira:

— Onde você estava?

Hugo arregaçou as mangas sem olhá-la:

— Quem ficou tomando conta dos carros?

— Ninguém — disse o porteiro. — Os motoristas estão bebendo no bar do salão.

Sofia rangia os dentes:

— Vagabundo! Andei a cidade inteira atrás de você.

No palco, o pianista dedilhava a introdução de "Cheek to cheek". Hora de entrar em cena.

— Quase morri do coração!

Hugo remexeu jornais no camarim:

— Você leu tudo isso por minha causa?

— Vá para a Espanha, vá para o quinto dos infernos! Estou cansada de você. Adeus, Hugo Hansen. Vou para Nova York cuidar da minha vida.

Ele não se importou:

— Alguém quer me ajudar a furar os pneus desses vermes?

Sofia deu com um jornal em sua cara:

— Verme é você!

Hugo agarrou um móvel para não cair. Aturdido, demorou a entender o que havia acontecido.

— Quem vai para o quinto dos infernos é você, sua putinha! — E começou a quebrar o camarim.

No palco, os trinados do pianista testavam a paciência do público. Àquela altura, Sofia já deveria estar cantando a segunda estrofe.

— Vou furar os pneus desses vermes — ele prosseguiu. — Se forem dez pneus, vou furar dez. Se forem mil, vou furar mil.

— Vou com você — disse o mímico, apoiado pelo anão.

Hugo encarou Sofia com raiva:

— Agora vá cantar uma música bem bonita para distrair os oficiais enquanto eu estiver furando pneus na rua. Mantenha todos sentadinhos em seus lugares porque só vou parar quando ouvir os aplausos.

122

Sofia não conseguiu se mexer.

— Boa viagem, Estrela Polar! Vá para Nova York. Talvez Hitler demore a chegar lá porque vou furar seus pneus no caminho. Alguém tem de fazer isso, não acha? Mas não se preocupe. Um dia Hitler chegará aos Estados Unidos. E quando ele chegar, vou chegar junto, e os jornais anunciarão minha chegada. Boa viagem, Estrela Polar! Você lerá todos os jornais de Nova York procurando notícias minhas. Você será escrava dos jornais. Lerá cada página, cada linha, cada palavra, cada letra! Horóscopos, obituários, palavras cruzadas. Jornais matutinos, vespertinos, edições especiais. Esse é seu destino! Agora vá cantar para seus ídolos. Vá cantar para esses facínoras. Adeus. *Good-bye!*

Sofia entrou em cena com as pernas bambas:

— *Heaven, I'm in heaven / And my heart beats so that I can hardly speak.*

Desceu do palco, cegada pelos refletores:

— *And I seem to find the happiness I seek / When we're out together, dancing cheek to cheek.*

Desviou dos garçons no salão nevoento:

— *Heaven, I'm in heaven / And the cares that hung around me through the week...*

Roçou em espectadores até ver os oficiais no salão: três homens e duas mulheres. Um dos homens tentava acender um charuto e as mulheres tinham o ar aborrecido. O homem do charuto usava uma farda negra da SS.

— *Seem to vanish like a gambler's lucky streak / When we're out together, dancing cheek to cheek.*

Quase gritando:

— *Oh, I love to climb a mountain / And to reach the highest peak / But is doesn't thrill me half as much / As dancing cheek to cheek.*

Irritado com um isqueiro que não acendia, o homem do charuto avisou que ia fumar lá fora. Sofia se atirou em seu colo:

— *Oh, I love to go out fishing / In a river, or a creek / But I don't enjoy it half as much as dancing cheek to cheek.*

Talvez o conhecesse de algum lugar. Cruzando e descruzando as pernas, arrancou o charuto de sua boca e cantou um verso errado que confundiu o pianista. As duas mulheres à mesa se aferraram aos maridos. O pianista inventou um interlúdio musical porque Sofia tinha perdido o fio. O oficial pegou o charuto de volta e a empurrou com força. Sofia se atirou de novo em seu colo. Ninguém riu da cena. A vendedora de tabaco foi ver uma coisa lá fora e voltou alarmada.

— *Oh, baby when we're out together dancing cheek to cheek...*

Sofia embaralhava palavras ao perceber a aproximação de uma mulher num vestido estampado. De esguelha, notou que a mulher a encarava. Estava pálida. Era Klara Hansen.

Sofia desabou no chão. O pianista parou e a tensão calou o cabaré. Sofia e Klara se olharam, boquiabertas. O silêncio foi rompido por um estouro na rua. Gustav von Fritsch se levantou bruscamente. Klara perdeu os sentidos. Sofia entrou em pânico:

— Corra, Hugo! Corra!

Espectadores apavorados se arremessaram uns sobre os outros. Quebra-quebra. Tiros. Fogo. Gente pisoteada. Sirenes. Limusines depredadas. Viaturas policiais. Mais tiros. Fumaça. Hugo baleado. Sofia algemada. Camburão. Sirenes.

* * *

*Yit'gadal v'yit'kaddash sh'mei raba
b'al'ma di v'ra khir'utei,
v'yam'likh mal'khutei b'chayeikhon uv'yomeikhon
uv'chayei d'khol beit yis'ra'eil
ba'agala uviz'man kariv v'im'ru: Amen*

Sofia orava num canto da cela, pés e mãos acorrentados. Provavelmente seria mandada para um campo de concentração ou decapitada ali mesmo na prisão de Plötzensee, como a baronesa Von Berg. A nobre senhora espionava o governo para um galanteador diplomata polonês por quem se apaixonara. Desmascarado, o Don Juan de Varsóvia invocou a imunidade diplomática para escapar do machado que matou a baronesa e uma amiga. Sofia não seria a primeira tragédia amorosa em Plötzensee.

O rabino da sinagoga Neue Dammtor lhe ensinara o Kaddish dos Enlutados durante o sepultamento do pai. Sofia cumpriu o luto judaico: comeu ovo cozido, cobriu o espelho de casa e sentou-se no chão por uma semana. No primeiro domingo de orfandade, leu em voz alta o *Frankfurter Zeitung* como se o pai estivesse ali.

Policiais abriram a porta da cela e soltaram as correntes:

— De pé! *Schnell!*

Sofia andou descalça num corredor, o vestido dourado lhe apertando os quadris.

— *Schnell!*

Metida num elevador, saltou num pátio e abriu a boca para aliviar a sede com o orvalho da madrugada. Cruzaram o pátio, deram meia-volta e entraram noutro prédio. Aonde iam, Deus do céu?

Y'hei sh'mei raba m'varakh l'alam ul'al'mei al'maya
Yit'barakh v'yish'tabach v'yit'pa'ar v'yit'roman
v'yit'nasei
v'yit'hadar v'yit'aleh v'yit'halal sh'mei d'kud'sha

O que teriam feito de Hugo? Seu rosto era humildade e remorso no camburão para Plötzensee. Algemados nos pés e nas mãos, olhavam-se em silêncio. Nenhum rancor de parte a parte. Só ternura. Hugo arqueou as sobrancelhas quando foram separados na prisão. Nem puderam dizer adeus.

B'rikh hu
l'eila min kol bir'khata v'shirata
toosh'b'chatah v'nechematah, da'ameeran b'al'mah,
                                  [v'eemru: Amen
Y'hei sh'lama raba min sh'maya
v'chayim aleinu v'al kol yis'ra'eil v'im'ru, Amen
Oseh shalom bim'romay hu ya'aseh shalom
aleinu v'al kol Yisraeil v'im'ru, Amen

A andança terminou numa sala escura. Sentada à força numa cadeira, Sofia teve punhos e tornozelos enrolados em fios de metal. Sua breve história acabava ali. Dezessete anos e quatro meses. Os fios de metal lhe machucavam os punhos. Quem sabe o pai estaria à sua espera no outro mundo? Urinou nas pernas. Só que os guardas lhe soltaram os fios.

— *Schnell!*

Sofia não conseguiu se levantar. Arrastada de volta para o pátio, cambaleou no piso áspero até uma porta de ferro:

— Vá embora sem olhar para trás — ordenaram.

A porta rangeu e Sofia viu uma rua molhada de chuva.

— Vá embora sem olhar para trás — repetiram com um murro.

Preparada para morrer, Sofia ensaiou o primeiro passo. Caminhou desengonçadamente, esperando o tiro fatal, bebendo chuva com a boca aberta para cima. Parou numa esquina e virou-se para trás. Ninguém. Um carro preto deixava o portão principal de Plötzensee. No capô, bandeiras do Partido. Sofia se escondeu atrás de um poste luminoso.

Chuva torrencial. O carro se aproximou lentamente e parou perto dela antes de dobrar a esquina. No banco traseiro, um rosto atento ao seu alívio. Sofia desviou o olhar num ímpeto defensivo, mas não deixou de reconhecê-la. Retribuiu o olhar e sentiu algo estranho, uma felicidade absurda.

Naquele instante compreendeu o que tinha acontecido em Plötzensee. Compreendeu por que os guardas haviam lhe soltado os fios. Klara Hansen lhe salvara a vida.

Capítulo 11

Alemanha, 2013

Quais sanduíches levar no trem para a Suíça? Queijos, frios, patês. A atendente sorria para minha incerteza no balcão da lanchonete da Estação Central de Hamburgo. Seriam dez horas de viagem até Zurique.

A própria Charlotte Rosenberg havia agendado os encontros com pessoas mencionadas na lista do professor Manfred Schuster. Eu passaria a semana procurando Hugo Hansen, vivo ou morto, ou quem conhecesse a Fábula da Cidade Mascarada. No roteiro, Zurique, Basileia e cidades pequenas da Suíça alemã. Dias antes do embarque fui à Universidade de Hamburgo para conversar com alunos de Schuster; ninguém ouvira falar na fábula. Consultamos o acervo digital de faculdades na Alemanha, na Áustria e na Suíça. Nenhuma lenda ou folclore semelhante à fábula.

Na melhor das hipóteses, eu encontraria Hugo Hansen lúcido e saudável, em condições de viajar para Hamburgo e reconhecer minha avó como a amiga da irmã Klara. Para estar vivo, ele deveria ter fugido de Dachau e se asilado na Suíça — tese improvável, porque ninguém escapara com sucesso de Dachau até novembro de 1937, mês do óbito de Hugo, exceto um homem em 1933.

Vovó não via graça em ficar sozinha na Alemanha e chamava minha viagem de despropósito. Consegui acomodá-la numa sofisticada hospedaria para idosos à margem do Rio Elba. Subimos de elevador panorâmico ao décimo primeiro andar de um edifício onde funcionara um frigorífico industrial. Salão de beleza, teatro, salão de jogos, restaurante: vovó não tinha do que reclamar. Mas reclamou ao abrir as cortinas da suíte:

— Estou correndo perigo de vida nesta cidade.

— Bobagem. Hamburgo é um dos lugares mais seguros do mundo.

— Já ouvi isso antes — respondeu com melancolia, olhando para um navio cargueiro no Elba. — Meu sonho era fugir no porão de um daqueles, escondida no meio de sacas e caixas. Coisas de menina.

Do outro lado do rio, guindastes e contêineres. Ao fundo, uma planície verde.

— Altes Land. Klara Hansen veio de lá.

— Preciso ir, vovó.

Ela não quis me beijar na despedida. Horas depois meu celular tocou na estação ferroviária:

— Você vai realmente viajar?

— Já estou comprando sanduíches para levar no trem. Amanhã cedo estarei em Zurique. Vou descobrir quem contou a Fábula da Cidade Mascarada para o professor Schuster. E quando eu voltar, vamos fugir da Alemanha no porão de um navio cargueiro, combinado?

— Combinado. A menos que eu fuja de você — resmungou, desligando o telefone.

— Zurique é uma cidade adorável — disse alguém num inglês carregado.

Atrás de mim, um senhor grisalho de bigode e terno escuro escoltado por dois rapazes.

— Você falou em máscaras, certo? Tive um sócio português no escritório e aprendi algumas palavras de seu idioma — continuou o homem. — Não deixe de conhecer a incrível coleção de máscaras rústicas do Museu Rietberg, em Zurique. Se preferir máscaras dadaístas, vá ao Cabaré Voltaire. Pena que as obras de Marcel Janco estejam na França. — E me ofereceu um cartão com endereços em Hamburgo, Londres e Nova York. — Prazer: Helmut Pfeiffer. Advogado. Você deve ter lido meu nome no processo do Hamburger Alsterbank. Estou trabalhando nisso há cinco anos.

O terror me paralisava.

— Em alemão existem expressões curiosas — prosseguiu com a hipocrisia de um vilão de novela. — Às vezes nossas palavras parecem extensas para quem não compreende seu poder de síntese. Por exemplo... *Zugzwang!* Trata-se de um termo clássico do xadrez que significa a obrigação de mover uma peça quando o jogador não pode ficar parado, mesmo sabendo que qualquer lance vai prejudicá-lo. — Tirou um cisco de meu casaco: — Felizmente não estamos jogando xadrez, *Herr* W. Nem tudo está perdido. Ofereço cem mil euros para você desistir do jogo sem mover peça alguma.

— Com esse dinheiro vovó poderá comprar muitos cigarros no Brasil — provocou um dos rapazes. — Soubemos que o depoimento dela no tribunal foi patético.

— Suas chances de êxito no processo são nulas — emendou o Dr. Pfeiffer, afagando o bigode. — Apesar disso, você impediu a juíza de assinar uma sentença pela qual estamos lutando há cinco anos. Cinco anos, *Herr* W.! Sabe o que poderá acontecer por sua causa? O processo vai durar mais cinco, dez, vinte anos em instâncias superiores nas quais a excelentíssima magistrada não terá qualquer influência. Até lá, alguns de nós certamente estarão mortos. Muito cuidado, *Herr* W.! Amor e ódio de juízes são perigosos. Todos sabem em Hamburgo que Julia Kaufmann tem paixões inoportunas. Você foi transformado em bucha de canhão por alguém que quer nos prejudicar.

Minha carteira caiu no chão. Um dos rapazes se agachou para pegá-la enquanto o chefão sorria:

— Cem mil euros deixariam essa carteira mais interessante, não acha? *Zugzwang!* Bem... são quase nove horas. Um dos mitos sobre os trens alemães é sua pontualidade. Estamos longe da perfeição, mas às vezes nossos trens chegam na hora. *Bon voyage*, meu caro. Plataforma quatro. Mande notícias. Que tal escrever sobre a coleção de máscaras do Museu Rietberg? Você tem dois dias para aceitar nossa proposta. Cem mil euros em *cash* ou em sua conta bancária. Por sinal, meu escritório está à disposição para orientações financeiras.

Um dos rapazes fez um salamaleque irreverente:

— Se permite o conselho, escolha o sanduíche de *prosciutto di Parma*.

Comprei dois sanduíches, corri para a plataforma e ocupei a poltrona 54B de um vagão lotado. Uma senhora cochilava à minha frente com um livro no colo. Do outro lado do corredor, duas crianças com joguinhos eletrônicos. *Guten Abend*, cumprimentou um senhor uniformizado ao ajudar um passageiro com sua bagagem. Igualmente uniformizado, um rapaz oriental empurrava um carrinho com biscoitos e bebidas. Cheiro de café solúvel. Eu me sentia num romance de Agatha Christie, envolto em névoas e penumbras. Ninguém inspirava confiança naquela trama coroada pela matriarca de todos os enigmas: Sofia Stern.

Reli o cartão de Helmut Pfeiffer, representante de três indivíduos que se declaravam filhos de Sofia Stern. O processo do Hamburger Alsterbank tinha páginas e páginas com o timbre de seu escritório. A sagacidade do dr. Pfeiffer fora decisiva ao longo do caso. Logo nas primeiras páginas, quando o banco ainda negava a existência das joias, uma assembleia de diretores chancelou a quantia de sete milhões de euros graças aos cálculos criteriosamente elaborados pelo dr. Pfeiffer. Noutra fase do processo, uma família judia de Pittsburgh juntava fotografias de uma ancestral com uma gargantilha de esmeraldas. Outra família judia se assumia dona de um relógio Cartier que um antepassado teria vendido a preço vil antes de escapar da Alemanha em 1938.

O escritório de Helmut Pfeiffer conseguiu demonstrar por A + B que Klara Hansen e sua mãe haviam pagado preços justos pelas joias. O parecer de um jurista da Universidade de Heidelberg discorria sobre conceitos legais, como estado de necessidade e preço vil, negando haver exploração ilegal ou imoral num negócio quando os preços envolvidos são razoáveis e condizentes com as práticas do mercado.

A idoneidade de Klara e Martha Hansen era atestada por contratos, certificados e recibos contendo a descrição das joias e valores expressos em marcos do Reich. Todos os contratos vinham assinados pelas partes e por duas testemunhas. Martha e Klara Hansen figuravam como locatárias do cofre do Hamburger Alsterbank. A peça mais comovente do processo era a carta-testamento de Klara Hansen. "Caso eu morra ou desapareça, tudo o que está guardado neste cofre deverá ser entregue à minha amiga Sofia Stern. Hamburgo, 28 de outubro de 1938." Klara redigira sua carta-testamento meses após o falecimento da mãe. Em novembro, seria sua vez de morrer. Em dezembro, minha avó chegaria ao Brasil.

De fato, Helmut Pfeiffer tinha bons motivos para me odiar. Justamente quando a juíza cedia aos seus argumentos, ao fim de um processo cheio de reviravoltas, dois brasileiros surgiam do nada para adiar a sentença e subverter as regras do jogo.

Nosso ingresso na ação judicial fora formalizado com uma petição concisa. Os manuscritos do livro marrom e o passaporte de 1938 seriam encaminhados para peritos especializados que levariam dois ou três meses para analisá-los. Tive uma conversa sigilosa com a juíza Julia Kaufmann antes da viagem à Suíça. Se Hugo fosse encontrado vivo, mesmo com outra identidade, poderíamos compará-lo ao rapaz do inquérito policial que Charlotte guardava a sete chaves. Não faltariam dados antropométricos para as comparações.

Na véspera do embarque, Charlotte nos levou para um passeio em Hamburgo. Vovó viu a casa onde morou com o pai, hoje um restaurante indiano com panos e almofadas na varanda sob o letreiro Taj Mahal. Jogamos pão para marrecos no Lago Alster. Noutra margem do lago, prédios clássicos e quatro torres pontiagudas. O passeio terminou com uma visita aos túmulos de Klara e Martha Hansen no cemitério de Ohlsdorf.

Chegamos aos túmulos num carrinho elétrico. O condutor disse que Ohlsdorf era o maior cemitério-parque do mundo, com quinze quilômetros de estradas, capelas e memoriais. Saltamos num jardim com placas de granito perfiladas. Os nomes de Klara e Martha Hansen apareciam em placas muito simples. Emocionada, vovó pediu para ficar sozinha e se sentou num banco à sombra de um salgueiro. Passou uma hora confabulando com os ventos, acendendo cigarros, olhando o céu. Eu não queria interrompê-la, mas a tarde esfriava. Voltando para o carrinho elétrico, ela disse que Klara gostava de pessoas elegantes.

— Estou bonita assim?

Seu vestido azul-celeste tinha golas e punhos de fustão branco.

— Está linda, vovó — e sorrimos com uma cumplicidade afável.

O condutor do carrinho contou que os túmulos de Klara e Martha Hansen haviam recebido flores durante muitos anos:

— Chegavam sempre no começo da primavera.

Espanto geral.

— O senhor tem certeza? — estranhou Charlotte.

— Eram belas flores, mas pararam de chegar há uns vinte anos.

— Existe algum registro sobre essas flores no escritório do cemitério?

— Milhares de flores chegam diariamente. Não teríamos como guardar tantos registros.

Vovó acendeu o último cigarro do pacote. Minha viagem à Suíça ganhava um alento na véspera do embarque. Duas noites depois eu escolhia quais sanduíches levar no trem para Zurique.

Capítulo 12

Alemanha, 1936

Klara acordou sem entender o que fazia naquele camisolão branco. O quarto tinha móveis com corações talhados em madeira e um tapete felpudo. Puxou a cortina da janela para se descobrir no alto de um prédio cercado de jardins. Conseguiu recordar o incidente na véspera, apesar do torpor. Vinha pela estrada com Gustav von Fritsch ao vomitar no carro. Culpando a gravidez pelo enjoo, agradeceu a Deus quando encontraram um hospital e enfermeiros a acomodaram numa maca.

O casamento aconteceria num cartório em Munique. Passariam a lua de mel em alguma Riviera ensolarada, onde nasceria o bebê. Talvez Gustav deixasse os dois no litoral para resolver problemas em Essen, onde supervisionava projetos bélicos da Indústria Krupp para países latino-americanos. Voltariam a Hamburgo na primavera de 1937 com a criança nos braços. O casamento seria comunicado à sociedade com um coquetel na mansão dos Von Fritsch.

Durante a longa ausência de Klara, Martha Hansen diria às clientes do ateliê que a filha estava em Paris estudando moda. Algumas ficariam desconfiadas porque a moça não fizera segredo da conturbada gravidez, queixosa de Gustav e de suas desculpas para adiar o matrimônio. Os mexericos bateram em ouvidos eminentes e o jovem oficial foi intimado a zelar por sua reputação.

Gustav beijou a mão de Klara ao propor um casamento discreto em Munique, a caminho do Mediterrâneo. Martha Hansen aprovou a ideia, contanto que o futuro genro descobrisse o paradeiro de Hugo, desaparecido há dois meses. Gustav prometeu atendê-la.

Partiram no começo de outubro. O Mercedes-Benz deslizou por pistas modernas, Klara encantada com vales e aldeias que pareciam cenários de contos de fadas. Dormiram em Hannover e Frankfurt, sem delongas turísticas porque Gustav tinha pressa. Perto de Munique, o noivo parou numa taberna para almoçar. Klara comeu salsichão e brindou à sorte com uma cerveja que não lhe fez bem. No dia seguinte acordaria num quarto alpino.

Debruçada na sacada, viu uma cerimônia com bandeiras e discursos lá embaixo. Pensou na tradicional Festa de Ação de Graças, quando aldeias de norte a sul comemoravam o fim das colheitas. Em Altes Land havia desfiles e distribuição de comida para os pobres.

— Bom dia.

Uma camareira trazia lençóis e toalhas. Ao notar a jarra intocada na cabeceira da cama:

— A senhora deveria beber água. Oh, perdão! Trouxe os lençóis errados. Sempre me confundo porque cada quarto tem uma cama diferente. Esta aqui pertenceu a judeus de Nuremberg.

— Cadê meu noivo?

— Quem?

— Gustav von Fritsch.

A camareira disfarçou o embaraço:

— Beba um pouco d'água, *Frau* Hansen.

— Aquilo no jardim é a Festa de Ação de Graças?

— Claro que não. Hoje é o aniversário de *Herr* Himmler: 7 de outubro.

— Heinrich Himmler, o comandante da SS? Qual é o nome deste hospital?

A camareira temeu ter falado demais.

— Estamos numa clínica de natalidade, *Frau* Hansen. Em Steinhöring.

— Como assim, clínica de natalidade?

— Com licença – saiu, trancando a porta por fora.

A solenidade no jardim foi interrompida porque Klara começou a gritar palavrões, ameaçando se jogar da janela. Enfermeiros invadiram o quarto e lhe injetaram três ampolas no braço.

* * *

Paredes ladrilhadas, leitos de ferro, uma senhora robusta de jaleco branco.

— Quanta imprudência, Klara Hansen! Você poderia ter despencado lá de cima.

— Cadê meu noivo?

— Que noivo?

— Gustav von Fritsch, Tenente-Coronel da SS.

A mulher fez um beiço apreensivo e mandou um enfermeiro devolver *Frau* Hansen aos corações talhados de seu cativeiro.

* * *

Klara passou quinze dias dopada. Só deixava o quarto para passeios breves e exames clínicos. A única pessoa com quem conversava era a camareira, que lhe descreveu o projeto de *Herr* Himmler para expandir a população ariana. Mulheres e homens racialmente puros eram encorajados a ter relações sexuais ali mesmo, em Steinhöring, embora a finalidade da clínica fosse garantir conforto e segurança às gestantes. Os bebês seriam criados pelas famílias naturais, entregues para adoção ou encaminhados para orfanatos estatais. A clínica estava cheia de mulheres solteiras que se candidatavam a novas fornadas porque não tinham onde morar. Muitas sequer conheciam os pais das crianças.

Gustav inventara a história do casamento em Munique para se livrar dela. Proibida de trocar cartas, Klara escreveu bilhetes que a camareira prometeu enviar às escondidas para a mãe em Hamburgo. Detestava aqueles camisolões parecidos com mortalhas, mas se acostumou com drogas injetáveis e com as sopas que lhe enfiavam goela abaixo. Um dia ganhou de presente lápis pretos e um bloco de desenho. Distraiu o pânico rascunhando o enxoval do filho e vestidos para funerais — mulheres precavidas deveriam ter trajes negros, principalmente se os filhos mandassem as noivas para Steinhöring. Também desenhava paisagens da clínica. Pessoas, plantas, paredes: suas obras eram tão precisas que identificaram um problema hidráulico no chafariz do jardim. Klara retratou grávidas espairecendo ao sol e jogando dominó no salão social. A verdade, porém, é que seus dons preocuparam a direção da clínica, pois a ninguém interessava ver a rotina de Steinhöring tão bem documentada. Várias mulheres escondiam a gravidez das próprias famílias, inclusive porque o Projeto Lebensborn* era um segredo do Terceiro Reich.

Klara Hansen foi diagnosticada como portadora da chamada memória eidética: a memória absoluta, sem distorções nem esquecimentos. Cancelar os passeios, destruir os

---

* Fonte da vida.

desenhos e aumentar as doses de Veronal foram as soluções encontradas pelos médicos. Em dezembro, as feições de Klara chocaram a camareira: lábios descorados e olheiras de vampiro enquanto a barriga e os seios só faziam crescer. Na véspera do Natal, vedaram sua janela com uma goma impermeável porque Klara tinha atirado papéis implorando socorro. Na noite de ano-novo, usava fraldas e não completava raciocínios.

Em janeiro, suspenderam seus remédios e avisaram que Martha Hansen viria visitá-la em uma semana. Klara chorou de emoção e arrancou tufos das têmporas. Na véspera da visita, cortaram-lhe as unhas até o sabugo e lhe deram um penhoar, roupas íntimas e um par de chinelas.

Estava alegre no dia do encontro, balbuciando *Heil Hitler* para as paredes do quarto, determinada a parir a criança mais linda do Reich e a vesti-la com plissados e veludos, como os infantes da realeza britânica. A camareira lhe perfumou o pescoço e trançou os cabelos para cobrir as falhas nas têmporas. O frio embaçava a janela quando enfermeiros vieram buscá-la. Desceu de elevador entoando a Canção de Horst Wessel e quase desmaiou ao reconhecer Martha Hansen tirando o mantô no salão social:

— Mamãe!

Com um sorriso exacerbado, Martha sacudiu os cabelos salpicados de neve e deixou a filha abraçá-la:

— Aqui faz mais frio do que em Hamburgo. Sua barriga está realmente enorme. Os quadris se alargaram, sem falar nos peitos... Teremos uma bela criança na próxima primavera. — Sentaram-se em frente à lareira acesa. — Prepare-se, querida: você e seu irmão mamaram até os três anos. Graças a Deus tive leite de sobra, mas os seios de sua tia Úrsula eram mais secos do que pão dormido.

— Tem notícias de Gustav?

— Como não? Telefonei diversas vezes para ele e finalmente conversamos semana retrasada. Estava em Essen, nas indústrias Krupp. Tive de dizer para a secretária que eu era sua futura sogra e ela respondeu: "Bom dia, senhora Keller, aguarde um instante. Lembranças para sua filha Erika." Gustav levou um susto quando ouviu minha voz.

Klara urinou na calcinha. Martha abriu a bolsa e pegou um estojo de maquiagem para empoar a palidez:

— Foi Gustav quem me permitiu vir aqui. Querida, por que este rosto abatido? Devemos aceitar a vida como ela é. Algumas relações não foram feitas para durar. O importante são as coisas boas que ficaram, sobretudo aquelas que ainda podem ser perdidas.

Klara entendeu o recado. Martha contemplou uma cabeça de alce entre lustres que imitavam tocheiros medievais.

— O ateliê vai muito bem. As clientes sempre perguntam por você. As costureiras também. Wilma Brotz mandou lembranças afetuosas. Ah, sim... Quase ia me esquecendo: Gustav contou que seu irmão está no campo de Dachau, aqui perto.

Klara não conseguiu reagir. Martha fez concha com a mão para esconder a boca:

— Sorria. Quatro enfermeiros estão nos vigiando, não tiram os olhos de nós. Quero ir embora deste país desgraçado; já comecei a comprar joias.

— Joias?

— São fáceis de carregar e valem dinheiro em qualquer lugar. Semana passada comprei dois colares de pérolas que já estão num cofre do Hamburger Alsterbank. Esses loucos vão provocar outra guerra mundial. Precisamos fugir para a América ou para qualquer lugar longe daqui.

Klara pôs a mão na barriga:

— Meu filho irá conosco.

— Lógico que sim — respondeu Martha, sorridente. — A propósito, ele já terá nascido quando Gustav se casar com Erika Keller, em abril. O pai dela possui um estaleiro em Kiel. Estamos preparando quatro vestidos para a ocasião, mas você sabe que não é fácil escolher roupas para meias-estações. Dizem que um quarteto de cordas virá da Áustria para animar a festa na mansão dos Keller, em Lübeck. Oh, não fique assim tristinha... Mudemos de assunto. Já escolheu o nome da criança? Que tal Georg, em homenagem ao seu pai? Algo me diz que você terá um menino, o que acha?

Klara não achava coisa alguma, vidrada na cabeça de alce. Os estalidos da lareira lhe trucidavam os nervos. Sua única vontade era matar Gustav von Fritsch.

Capítulo 13

Suíça, 2013

Zurique se espreguiçava quando desembarquei na Estação Ferroviária e peguei o bonde número sete. Vi prédios sóbrios na Banhofstrasse, a caminho do encontro com o sr. Harry Wilson Thompson. Noventa e quatro anos, americano de Wisconsin, morava na Suíça desde a Segunda Guerra e havia trabalhado no Escritório de Serviços Estratégicos da Inteligência Americana.

Thompson fora procurado pelo professor Schuster, em 2008, graças à abertura dos arquivos secretos do chamado OSS, iniciais de Office of Strategic Services. O americano atuara durante a guerra e depois dela, monitorando movimentos clandestinos contra a ocupação aliada na Alemanha. Minha prioridade era descobrir o paradeiro de Hugo Hansen na conversa marcada para as nove horas. A palavra *Zugzwang* zunia em meus ouvidos.

Saltei do bonde numa rua sinuosa com casas e prédios residenciais. Terno de lã, colete escuro, Harry Wilson Thompson me aguardava numa mesa à janela de um café:

— *Nice to meet you, Brazilian guy!**

Cabelos brancos e bem penteados, o homem torneava a voz como um antigo locutor de rádio:

— O Brasil é um grande país. Seus rapazes fizeram um belo trabalho no Monte Cassino. Prenderam um batalhão inteiro de alemães.

Elogiou a campanha brasileira na Itália, destacando as "graciosas enfermeiras" que cuidavam de nossos soldados em Nápoles. Eu me sentia num filme *noir* contracenando com um discípulo de Clark Gable.

— Oh, *Brazilian guy*, por favor, não vá dizer que pretende se tornar agente secreto. Desista enquanto é tempo. Eis uma carreira ingrata, diferente do que dizem os livros de ficção. Um dia as guerras acabam e seus conhecimentos já não servem para nada. Para piorar, ainda vão obrigá-lo a comemorar a paz enquanto seu chefe abraça o inimigo numa solenidade. Suas raivas, seus traumas, suas ansiedades devem ser resolvidos com um psiquiatra. De vez em quando você será entrevistado por alunos de escola que lhe farão perguntas estúpidas. Talvez conte com um grupo de amigos para jogar pôquer e falar de doenças. "Sabe quem morreu?" Ouvirá isso o tempo inteiro. Um dia vão homenageá-lo num auditório cheio de velhinhos e alguém espetará uma medalha em seu peito. Depois passará numa farmácia para comprar supositórios e procurar novidades para caspa e reumatismo. No supermercado, encontrará seu maior desafeto dos tempos de guerra e ele dirá: olha, Harry, eu não compraria essas cebolas roxas, são muito ácidas e causam gastrite. Brenda e eu preferimos temperos industrializados. Você responderá: "Obrigado, Wilhelm. Vou experimentar, sim. Soube que seu

---

* Prazer em conhecê-lo, rapaz brasileiro!

gato está internado, desejo melhoras. Abraços em Brenda."
E você levará os temperos industrializados.

— Não quero ser agente secreto, sr. Thompson.

— Parabéns, *Brazilian guy*! Em que posso ser útil?

Mostrei cópias das fotos de Hugo Hansen extraídas do inquérito policial de Charlotte Rosenberg:

— O senhor conhece esse homem?

Thompson contraiu as sobrancelhas:

— O que quer com ele?

— Estou procurando Hugo Hansen, que morou em Hamburgo e foi mandado para Dachau.

— Sim, o alemão — suspirou gravemente, cravando em mim seus olhos azuis. — O que quer com Hugo Hansen?

Esfreguei as mãos sob a mesa: seria possível que eu tivesse acertado na loteria com a primeira aposta?

— Ele está vivo?

Harry Thompson pegou sua caneca de café e deu um gole demorado:

— Como eu disse, a carreira de agente secreto não é das mais promissoras. Eu poderia ter voltado para os Estados Unidos após a guerra, mas fiquei em Zurique por causa de Helga Schweitzer. Uma mulher formidável, meu caro. Trabalhava no consulado americano quando começamos o namoro. Dez anos depois estávamos desempregados. Éramos pobres o suficiente para termos de alugar um quarto de nosso apartamento para um acupunturista chinês que atendia lá mesmo. Milhares de estranhos entravam em nossa sala, usavam nosso banheiro. Uma dessas pessoas foi Hugo Hansen, que iludiu Helga com uma história implausível...

— Sobre uma cidade mascarada?

Thompson perdeu o fio:

— Mascarada? Que cidade?

— Falávamos de Hugo Hansen...

— Oh, sim! Hugo Hansen se mudou para a Suíça francesa e montou uma mercearia lá, mas faliu porque nunca gostou de trabalhar. Conseguiu uma boa aposentadoria do governo só porque não morreu na guerra.

— Onde posso encontrá-lo?

— Minha esposa tem a resposta. Helga já não consegue andar direito, mas a cabeça funciona perfeitamente. A lucidez é um fardo que Hugo Hansen nunca teve de suportar.

Thompson me levou ao terceiro andar de um prédio vizinho. Vibrei de emoção ao entrar numa saleta com aquarelas retratando Paris e uma poltrona coberta por um lençol.

— Sente-se, rapaz. Helga Schweitzer, está aí?

Dali a pouco surgiu uma senhora amparada num andador.

— Este rapaz veio do Brasil procurando Hugo Hansen — apontou o marido.

— Procurando quem?

— Hugo Hansen.

— Quem é Hugo Hansen?

— Seu cunhado Hugo Hansen.

A mulher ficou furiosa:

— Harry Wilson Thompson, meu ex-cunhado se chama Breno Wolff. Quantas vezes vou precisar dizer isso? — Olhando para mim: — Por que procura Breno Wolff? Foi Nancy Ferguson quem deu nosso endereço, não foi? Pois diga àquela megera que não tenho mais nada a ver com as hipotecas de Wolff.

Eu mal consegui respirar.

— Nancy Ferguson é uma recalcada que nunca aceitou o divórcio dos filhos. Não deve ter sido fácil ver os dois separados porque as noras se apaixonaram uma pela outra.

— Calma, Helga! *Please, Brazilian guy*, vá embora.

Saí pelas ruas, dobrando esquinas sem ter para onde ir. Acreditar em milagres talvez combinasse com romances épicos e parábolas edificantes, não com a vida real. *Zugzwang!*

Entrei num bar, liguei o *notebook* e encontrei uma mensagem do asilo a ser visitado na manhã seguinte, em Basileia. Uma médica portuguesa me receberia na estação ferroviária. Seu nome: Maria Filomena Azevedo, "Filó para os íntimos". Em anexo, fotografias de um salão enfeitado com bandeirolas do Brasil e da Suíça. Noutro e-mail, meu advogado Kurt Vogler relatava um telefonema do poderoso Helmut Pfeiffer. O "obscuro passado" de minha avó seria investigado caso eu não desistisse do processo. O e-mail trazia links de jornais de Hamburgo, um deles mostrando o Pão de Açúcar sob a manchete "Gol do Brasil! Sofia Stern mora em Copacabana". Noutra publicação, confetes e serpentinas emolduravam a notícia: "Processo vira um Carnaval".

Fechei o *notebook.* Talvez eu tivesse subestimado os perigos daquela aventura. Que tal embolsar cem mil euros e voltar correndo para casa? Caminhei por Zurique, atordoado, falando sozinho até parar nos jardins do Museu Rietberg, aquele com as máscaras recomendadas pelo dr. Pfeiffer. Eram mais de vinte rostos me espiando no salão: descabelados, narigudos, boquiabertos. Um deles tinha os olhos saltados e a boca desdentada. Outro, chifres retorcidos. Quase enfartei com o toque do telefone celular:

— Eles vão me pegar.

— Eles quem, vovó?

— Jornalistas! Estão na portaria do prédio! — E desligou o telefone.

Claro que o advogado Helmut Pfeiffer estava por trás do assédio. Eu já não sabia se era um caçador de fábulas ou seu principal personagem. Fiquei zonzo naquela sala medonha. Por que todas as máscaras tinham o rosto de minha avó?

149

Eu estava prestes a aceitar a oferta do advogado e desistir do processo. Minha primeira providência com cem mil euros seria encomendar um túmulo para Hugo Hansen no cemitério de Ohlsdorf, junto à mãe e à irmã. A segunda providência seria tomar um avião para o Rio de Janeiro.

Andei a esmo no centro de Zurique, entregue a divagações. Fui parar na praça Lindenhof, no alto de uma colina com vista para o Rio Limmat e prédios medievais. Dois senhores jogavam xadrez num enorme tabuleiro desenhado no chão de pedra. As peças tinham quase um metro de altura. Comprei um sanduíche de queijo num quiosque e sentei-me numa murada de pedra. Tive a nítida impressão de ouvir um dos senhores dizer *Zugzwang*. Levitei de alívio. Nunca imaginei que o desencanto fosse tão libertário.

* * *

Fui recebido com rosas na Estação Ferroviária de Muttenz, perto de Basileia. Psicoterapeuta especializada em idosos, Maria Filomena Azevedo trouxera uma simpática comitiva de residentes na Haus der Blumen, casa das flores em alemão. Dirigindo uma van, a portuguesa repassou a agenda do dia. Faríamos um passeio pelos jardins do asilo, almoçaríamos ao meio-dia e eu teria a tarde livre para minha "pesquisa histórica". Se sobrasse tempo, visitaríamos a oficina de arte onde os idosos produziam esculturas de pedra, barro, madeira e outros materiais que Filó foi enumerando enquanto eu me perguntava quantas horas duraria a provação. Minha intenção era voltar logo para a Alemanha e formalizar a desistência do processo do Hamburger Alsterbank. O último e-mail de meu advogado indicava um artigo publicado num site especializado em mercado financeiro. Ilustrado com um chalé nevado, o artigo explicava por que "investidores independentes" como eu preferiam depositar dinheiro no país vizinho. Uma tabela comparava os encargos bancários na Alemanha e na Suíça.

Filó estacionou a van num casarão branco cercado de jardins floridos. Fui recepcionado num salão social e levado para conhecer o asilo. Era um lugar acolhedor, apesar da assepsia tristonha do piso encerado, das cores neutras, do desinfetante floral que disfarçava ranços inoportunos. Nos quartos, moças e rapazes de outrora posavam à cabeceira de senhoras e senhores curvados. Vi remédios, cintas abdominais, bengalas e postais amarelados. Além de suíços havia alemães, italianos, franceses e um casal de espanhóis cujos netos moravam no Brasil. Alguns adoravam o asilo; outros, nem tanto. Devia ser difícil viver num lugar sem referências pessoais, amontoando o passado em cabeceiras que não tardariam a ser limpas para receber outros passados. Depois do almoço, Filó improvisou um auditório no salão social e pude apresentar minha "pesquisa histórica".

Falei ligeiramente de Hugo Hansen; ninguém sabia de quem se tratava. Melhor assim. Pesquisa encerrada. Agradeci a todos e prometi voltar para uma "visita informal". Já havia cancelado outros compromissos na Suíça e pretendia partir imediatamente para Hamburgo. Um senhor italiano resolveu testar minha paciência pedindo que eu falasse do Brasil.

— O que o senhor quer saber?

— Conte uma história — sugeriu Filó. — Eles adoram histórias.

Tive um lampejo:

— Conheço uma história interessante — e narrei a Fábula da Cidade Mascarada, que Filó foi traduzindo para o alemão.

Todos escutaram com interesse o drama do homem perseguido por desafiar regras e tirar sua máscara em público para, depois, ser apedrejado pelos próprios discípulos. Muitos deviam ter vivido situações análogas, contemporâneos de falsos messias e de utopias mortíferas. A pessoa mais impactada, contudo, não era idosa.

Havia algo errado na tradução de Filó. Mesmo sem entender alemão, era estranho ver minhas frases convertidas num discurso interminável. Risos, gritos, inflexões, caretas: Filó estava tão entusiasmada que parei para escutá-la. Terminada a tradução, ela me dirigiu um sorriso:

— Claro que conheço a Fábula da Cidade Mascarada. Como não?

* * *

Eu era adolescente quando um homem religioso me propôs atirar pedrinhas no chão. Quais as chances de um círculo perfeito se formar? Mínimas, quase nulas. Para isso acontecer, disse o religioso, as pedrinhas deveriam ser colocadas cuidadosamente por alguém inteligente e desejoso daquele resultado. Ele queria mostrar que, sendo o universo mais complexo do que um círculo de pedrinhas, era nula a hipótese de tudo ter se formado ao acaso.

Não me convenci da existência de Deus, mas resolvi atirar pedrinhas no chão e acabei descobrindo algo curioso. Por mais aleatório que fosse o resultado, as pedrinhas formavam desenhos igualmente improváveis. Na verdade, eram desenhos ainda menos prováveis do que um círculo porque círculos podem ter vários tamanhos e combinações de pedrinhas, ao passo que meus desenhos eram únicos.

O caso das pedrinhas me apresentou a situações curiosas no dia a dia. Por exemplo, um ônibus. Dificilmente os passageiros usariam camisas da mesma cor sem motivo específico. Ainda assim, qualquer combinação fortuita de roupas naquele veículo seria menos provável do que camisas da mesma cor. Isso porque todos podem ter mais de uma camisa verde ou preta no armário. Por outro lado, as roupas que as pessoas usavam eram únicas e insubstituíveis. Considerações como essas me levaram a duas conclusões. A primeira: combinações aleatórias tendem a ser mais raras (embora menos notórias) do que combinações coincidentes. A segunda: a parábola do círculo era uma falácia. Todas as coisas porventura existentes no Universo seriam improváveis, com ou sem Deus para criá-las.

Era nisso que eu pensava na varanda do café O Anjo Vermelho, no centro antigo de Basileia. Tomei o terceiro *cappuccino* sem desviar os olhos da pequena Andreasplatz. À minha direita, turistas fotografavam a estátua de um macaco vermelho na fonte que inspirava o nome do café. Adiante, um cego tocava acordeão. Eu estava esperançoso. Num mundo de combinações tão improváveis, que mal haveria em acreditar num encontro com Hugo Hansen?

Filó tinha me levado a um anfiteatro romano no dia anterior.

— Foi aqui, Augusta Ráurica. Cada escola do bairro encenou uma peça teatral para comemorar os trinta anos do fim da Segunda Guerra. Escolhemos a Fábula da Cidade Mascarada. Eu pensava tratar-se de uma tragédia grega ou coisa parecida, mas não passava de uma invenção de Manuel *der Trottel*. *Trottel* significa *idiota* em alemão. Todos o conheciam como Manuel *der Trottel*. Era um tipo esquisito, meio sábio, meio infantil, meio gênio, meio bobo. Na peça, Manuel fez o papel do homem que tirou a máscara e morreu no final. Usamos máscaras azuis e vermelhas. Havia um locutor com um megafone, um rapaz mais velho que hoje é embaixador.

Filó observou os retratos de Hugo:

— O próprio, sem dúvida. Ainda era bonito na maturidade. Cheguei de Portugal em 1974. Meus pais eram empregados domésticos de um militar que veio para a Suíça depois da Revolução dos Cravos. Para mim foi um martírio porque custei a falar alemão. Ademais, os queijos daqui não são os de lá, os pães daqui não são os de lá, o frio daqui não é o de lá. Os corações daqui não são os de lá.

"Na escola morava um senhor misterioso que nos divertia com piadas e brincadeiras. O mundo estava cheio de gente misteriosa, sobreviventes de guerra. Nada sabíamos a seu respeito. Origem, sobrenome, idade. Nada. Manuel *der Trottel* era uma figura lendária em Muttenz. Ajudava na cantina da escola e fazia pequenos serviços, limpando neve das calçadas, consertando coisas, levando crianças em casa.

"Um dia fui passear com colegas no centro de Basileia. Chegando lá, vimos um homem de terno claro, chapéu e flores na mão. Era Manuel *der Trottel*. Os meninos choraram de rir porque ele havia passado horas no meio da Ponte Wettstein. O motivo é comovente.

"Manuel tinha mania de ler todos os jornais do dia. Lia tudo, de cabo a rabo: notícias, propagandas comerciais, horóscopo... Seu quartinho tinha pilhas de jornais. Bem, você sabe como crianças podem ser perversas. Não éramos exceção. Se lhe déssemos um jornal, Manuel lia todas as páginas do começo ao fim, procurando notícias de uma namorada que teria desaparecido nos idos de Hitler. Não sei por que, ele achava que os jornais traziam notícias dela tantos anos depois."

— O nome da namorada seria Sofia Stern?

— Não sei. Lembro apenas que era uma moça de Hamburgo e que ele a chamava de estrela. Manuel sonhava reencontrá-la e sempre dizia que os jornais anunciariam sua chegada a Basileia. Oh, Deus do céu! Nem consigo acreditar que ela estava viva. Manuel nunca perdeu a esperança em revê-la. Nunca. Era isso o que o fazia ler todos os jornais de Basileia. Era isso o que o fazia viver. Um romântico! As mulheres suspiravam por ele. Manuel conquistou várias namoradas, mas seu coração pertencia aos jornais.

"Bem... Como eu disse, crianças podem ser perversas. Eu mesma participei de algumas malvadezas. Publicávamos anúncios amorosos em nome da estrela de Hamburgo marcando encontros em lugares como a Ponte Wettstein. Coitadinho! Zombamos à beça do pobre homem. No dia da ponte, o diretor da escola teve de ir lá para resgatá-lo. E não pense que isso aconteceu uma única vez. Aconteceu várias vezes, e em todas elas Manuel estava lá, com flores na mão, à espera da amada. Aconteceu na Praça do Mercado e neste anfiteatro. Os meninos não sossegavam. Quando marcaram o encontro num bonde, Manuel passou o dia inteiro para lá e para cá, atarraxado ao vagão. Na catedral, no cemitério, na beira da estrada... Debaixo de chuva, de sol, de neve... No verão, no inverno, lá estava, à espera da amada, com sua melhor roupa e flores na mão.

"Desculpe se estou chorando. Manuel foi uma figura realmente importante para mim, por isso não esqueço a história das máscaras. Ninguém sabe para onde foi nem o que lhe terá acontecido. Desapareceu sem dizer adeus há mais de trinta anos. Ficamos todos desolados. Certamente já está morto. Agora vejo que era um visionário. Deve ter morrido com flores na mão. Deus o guarde."

— Você acha mesmo que ele morreu?

— Claro que sim. Manuel *der Trottel* hoje teria uns cem anos.

— Minha avó tem quase noventa e cinco. Há pessoas centenárias na Haus der Blumen.

Filó e eu nos entreolhamos. Ela prosseguiu, pensativa:

— Um dia Manuel *der Trottel* caiu doente e foi parar no hospital. Ficamos todos preocupados. Fomos visitá-lo e ele disse que não morreria antes de rever a amada. Às vezes me pergunto se ele realmente acreditava nesse reencontro ou se apostava nisso para dar sentido à vida.

"Decidi estudar psicologia na Universidade de Zurique e fiz especialização em logoterapia, uma técnica criada por um psiquiatra austríaco que sobreviveu aos campos nazistas na Segunda Guerra. Em Auschwitz, Viktor Frankl percebeu que as pessoas mais resistentes à barbárie eram aquelas que alimentavam algum sonho, fosse um reencontro amoroso, fosse um projeto profissional. Estou convencida de que Manuel (ou Hugo Hansen, como queira) transformou o reencontro com sua avó numa razão para viver."

— Quem sabe ele ainda nutre essa esperança?

Filó moveu os olhos com um ar ressabiado. Meia hora depois estávamos na Haus der Blumen acessando a internet à procura de Hugo Hansen. Anunciamos em duas redes sociais e no *Basler Zeitung*. Quem se recordasse dele ou soubesse seu paradeiro, que entrasse em contato conosco.

A verdade, porém, é que nossa estratégia não me empolgava. Aqueles anúncios serviriam para confraternizações nostálgicas de velhos colegas, não para quem precisava de resultados imediatos, com ênfase numa questão crucial: Hugo Hansen estava vivo ou morto? A solução me ocorreu num estalo. Filó chegou a me chamar de Ronaldo *der Trottel*. Tudo era incerto, mas fascinante.

A Estrela Polar brilhará na fonte da Andreasplatz à hora tal do dia tal, dizia o anúncio. Foi Filó quem escolheu o local, uma pequena praça no centro histórico de Basileia, perto dos bondes que, oxalá, trariam Hugo Hansen para mim.

Vovó já havia telefonado três vezes cobrando minha volta à Alemanha, cheia de ameaças e presságios mórbidos. Mesmo que eu não encontrasse Hugo Hansen, ela me devia explicações. Por exemplo: o que teria levado o irmão de Klara a esperá-la em Basileia? Por que não em Hamburgo ou noutro lugar? Vovó nunca falara da Suíça nem mostrara interesse em voltar à Europa. Gostava mesmo é de fumar seus cigarros em Copacabana, a dez mil quilômetros do pobre homem. Por quê? Talvez Hugo fosse apenas um desvairado, mais uma sequela errante da guerra. Já teria desistido de vovó se fosse ajuizado, assim como eu teria desistido dele depois de passar a tarde bebendo *cappuccino* na Andreasplatz.

Em algum momento pedi a conta ao garçom. Feliz ou infelizmente, círculos de pedrinhas só se formam em contos de fadas, sobretudo quando seus autores são complacentes com os personagens. Ou com os leitores.

Eu já pagava a conta ao notar um senhor encostado na fonte do macaco vermelho. Na mão, um ramalhete de flores.

Capítulo 14

Alemanha, 1938

O Capitão Austerlitz desfez o abraço quando Sofia espirrou pela terceira vez.

— Procure um médico — sugeriu sem maldade.

Ela se assoou num lenço, deixou a cama e vestiu um roupão:

— Cinquenta marcos do Reich.

Atendia no último andar do número 22 da Herbertstrasse, zona do meretrício em St. Pauli. A cama de mogno trazia o brasão de uma nobreza falida. Na cabeceira, uma jarra de prata e cálices de cristal. Duas poltronas Luís XV ocupavam o canto da suíte onde ela servia chá para descontrair os encabulados e consolar os impotentes. Abandonara os palcos de St. Pauli porque era mais fácil ganhar dinheiro gemendo do que cantando. Íntima de carrascos e de almirantes, saciava qualquer vontade remunerável. Já arregimentara haréns para os guardas de Fuhlsbüttel enquanto presos eram metralhados lá fora.

Ganhava o bastante para alugar a melhor suíte da Herbertstrasse e agendar programas com antecedência, sem debruçar os peitos nas vitrines da rua. Só usava cosméticos franceses. Nada de meias desfiadas, cabelos rançosos, fronhas puídas e sorrisos sinceros. Com as sobras do mês comprava remédios para colegas necessitadas, vítimas de doenças e canivetes. Mas Sofia não se orgulhava de suas bondades — como, de resto, não se orgulhava de coisa alguma. A virtude era um capricho fútil e oneroso naquele mundo sem contrapartidas morais.

O Capitão Austerlitz perguntou por que ela não usava algo mais espesso no lugar de um roupão decotado.

— Estou economizando tecido para as bandeiras de seu partido.

O homem riu da rabugice. Ele próprio achava um exagero embrulhar a Alemanha nas bandeiras que agora também embrulhavam a Áustria. Hamburgo era um varal de suásticas no verão de 1938.

Hitler falava abertamente em expandir o Terceiro Reich e recuperar as colônias africanas perdidas na última guerra. Escassez de alimentos? Espaço para moradias? Mão de obra barata? Bastava outra guerra para solucionar os problemas da Alemanha. A grandiosa capital do novo império mundial se chamaria Germânia e seria construída sobre Berlim.

Pensando bem, Sofia ficaria rica se o país entrasse em guerra: campos de batalha são pródigos em virilidades sedentas. Despediu-se do Capitão Austerlitz e pediu que ele avisasse à recepção que o expediente estava encerrado. Madame Stern não queria ser importunada "sequer pelo *Führer*".

Trancada no quarto, tirou o roupão e mergulhou numa banheira quente, depois se hidratou com um creme perfumado, trocou o lençol e se esparramou na cama, desejando que o pai também fosse cego no outro mundo para não vê-la naquelas condições. Tentou não pensar em Hugo. Recebera a notícia no último inverno, mas adiou o luto porque um transatlântico tinha despejado marinheiros em St. Pauli.

Bateram à porta do quarto:

— Uma pessoa lá embaixo quer falar com a senhora.

— Não vou falar com ninguém.

Minutos depois batiam novamente: a pessoa queria muito falar com ela. Coisa urgente. Uma mulher. Sofia já havia deitado com inúmeras mulheres, inclusive diante dos maridos. Que a tal pessoa marcasse hora para o dia seguinte!

— Ela precisa falar com a senhora agora.

— Pois terá de pagar quinhentos marcos do Reich.

Dali a instantes:

— Pagará mil.

Sofia pulou da cama e vestiu o roupão. Curiosa, abriu a porta e perdeu a cor. Brincos de safira, cabelos loiros e ondulados, chapéu, vestido de crepe negro, Klara Hansen segurava um casaco de pele:

— Acabei de enterrar mamãe no cemitério de Ohlsdorf. Onde posso pendurar isso?

Foi entrando, meio trôpega sobre o assoalho empenado.

— Ela não resistiu à morte de Hugo. Oh, perdão! Você sabia? Isso mesmo, imaginei que soubesse. Nos comunicaram da pior forma possível. Na véspera do Natal chegou uma caixa com cinzas e uma nota de cobrança pela cremação. Mamãe desmaiou e bateu com a cabeça. Passou meses desacordada e morreu ontem à noite. Estou sozinha no ateliê, mas não posso reclamar. Sou uma jovem empresária, tenho cinco empregados, um filho desaparecido, uma família morta e um inimigo visceral chamado Gustav von Fritsch.

Pôs o chapéu e o casaco num cabide e encarou Sofia, que agarrava a maçaneta sem se mexer.

— Vim lhe pedir um favor. Não me olhe assim, sei que estou horrorosa. Posso me sentar? Hoje meu filho faz um ano e quatro meses. Não me pergunte como ele é. Dizem que morreu asfixiado pelo cordão umbilical. Mentira. Roubaram meu filho em Steinhöring.

Klara aceitou o cigarro que Sofia lhe ofereceu. Fumaram juntas, sentadas nas poltronas Luís XV.

— Passei dezesseis meses procurando o menino. Lembro o rosto vermelhinho, sua mão pequenina agarrando o meu dedo. Sumiram com ele. Onde está? Com quem? Me pergunto isso o tempo todo. Quando acordo, quando vou dormir, quando estou no ateliê, é isto que me pergunto: cadê meu filho?

"Tentei falar com Gustav von Fritsch milhões de vezes. O patife nunca me atendeu. Fui a Dresden, Leipzig, Berlim e Rostock atrás de meu filho. Escrevi para médicos, para a polícia, até para a Cruz Vermelha Internacional. Gustav mandou avisar que eu seria castigada se insistisse naquilo. Ele me ameaça de várias formas. Toda semana sou visitada por agentes do Instituto de Moda Alemã. Dizem que meus modelos são vulgares, que não servem para a mulher alemã. Também sou chantageada por uma tal de Associação Alemã--Ariana da Indústria do Vestuário porque compro tecidos franceses de um importador judeu. Gustav está comandando isso, obviamente."

Klara enxugou os olhos.

— Ele se casou com uma tal de Erika Keller, herdeira de um armador de Kiel. Você deve ter ouvido falar, todos ouviram. O casal sempre aparece em colunas sociais e ela está grávida. Moram numa casa em Blankenese e passam os verões na mansão da família dela, em Lübeck. — Forçou um sorriso ao aceitar uma taça de conhaque: — Não é formidável? Meu filho vai ganhar um irmãozinho.

Klara baixou o rosto, pôs a taça numa mesa e contorceu as mãos.

— Gosta deste anel? Van Cleef & Arpels. Só aparecem as esmeraldas porque eles usam uma técnica especial de incrustação chamada *Serti Mystérieux* para esconder a armação. Virei especialista em joias; tenho até um consultor judeu chamado sr. Fischberg, dono de uma joalheria no Neuer Wall. Quer este anel para você? Ninguém deve recusar um anel de Van Cleef & Arpels — e jogou a joia no chão.

— Que favor você quer de mim?

Klara esvaziou a taça de conhaque.

— A recompensa será boa. Você disse um dia que nunca tinha visto uma montanha de verdade. Pois verá muitas no Rio de Janeiro. Uma cliente minha trabalha no Consulado do Brasil e vai conseguir os vistos de entrada, só preciso de seu passaporte. América do Sul também é América e ainda tem a vantagem de ficar mais longe da Alemanha. Ah, sim, aqui está — ofereceu-lhe um maço de notas. — Mil marcos do Reich.

— Qual favor você quer de mim?

Klara pegou um bloquinho na bolsa Chanel e começou a rabiscá-lo com uma lapiseira, arrancando papéis que se espalharam no chão. Sofia se curvou e viu um rosto masculino. Os desenhos eram rigorosamente iguais. Um calafrio dispensou explicações, mas Klara foi contundente ao fechar a bolsa:

— Quero que mate Gustav von Fritsch.

Capítulo 15

Suíça, 2013

Os óculos de Hugo Hansen tinham uma lente opaca e outra espessa como um fundo de garrafa. Tomávamos cerveja na Andreasplatz. Eu, fascinado; ele, ressentido:

— Por que Sofia nunca me procurou?

— Achávamos que você havia morrido em Dachau — blefei.

— Ela sabia que eu tinha fugido para a Suíça.

— Mandaram suas cinzas para Klara.

— Então mandaram outras cinzas, e Sofia sabia disso.

Paletó quadriculado, unhas polidas, perfume silvestre: Hugo Hansen era um tipo vigoroso, apesar do porte magrelo.

— Foi sua avó quem pediu que você me procurasse em Basileia?

— Claro que não. Ela nem sabia que você estava vivo.

Mostrei a cópia do inquérito policial de 1934, com suas fotos e o exame antropométrico. Hugo e as imagens se encararam com assombro. Falei do Hamburger Alsterbank, da

Fábula da Cidade Mascarada, da juíza Julia Kaufmann, de Charlotte Rosenberg e de Filó. Hugo estava a par do processo envolvendo a irmã em Hamburgo, mas desconfiava dos litigantes por um motivo elementar: a verdadeira Sofia não precisava ser representada por descendentes porque estava tão viva quanto eles.

— Como sua avó foi parar no Brasil? Por que nunca me procurou?

— Pergunte a ela em Hamburgo.

Contei que tínhamos visitado os túmulos de sua mãe e irmã no cemitério de Ohlsdorf.

— Eu mesmo mandei fazer um túmulo para Klara ao lado do de mamãe, mas seu corpo não está lá. Desapareceu em 1938. Acho que Sofia morava com ela nessa época. Klara morreu num incêndio na Noite dos Cristais e foi enterrada num cemitério de indigentes. Descobri isso em 1945. Estive em Hamburgo depois da guerra procurando Klara, Sofia e minha mãe. Fui à Cruz Vermelha Internacional, hospitais, manicômios, cemitérios; fiz cartazes, anunciei nas rádios. Klara e minha mãe estavam mortas, mas Sofia havia desaparecido. Para mim, ela estava e sempre estaria viva até prova em contrário.

A persistência de Hugo me impressionou:

— Milhões de pessoas morreram na guerra sem deixar rastro. De lá para cá se passaram quase setenta anos. Era praticamente impossível que minha avó estivesse viva.

— Também era praticamente impossível que eu estivesse vivo, no entanto você veio me procurar.

— Mas tenho um motivo real para estar aqui — respondi com eloquência, logo me dando conta da bobagem que havia falado.

Hugo pediu outra cerveja ao garçom:

— Ninguém pode ter medo do improvável depois de fugir de Dachau.

Como definir aquele homem? Um romântico incurável, um profeta, um teimoso, um maluco?

— Tenho uma dúvida importante — admitiu com o rosto muito sério. — Por favor, diga a verdade. Sofia ainda tem aqueles peitinhos empinados?

Caí na gargalhada:

— A resposta está em Hamburgo. Podemos ir de avião, carro ou trem. Os trens alemães são ótimos.

— Então melhoraram bastante desde minha última viagem — e desviou o olhar numa pausa pensativa. De repente agitou os braços: — "De pé, ó vítimas da fome! De pé, famélicos da terra!" Acordei escutando isso num vagão de carga. É o hino da Internacional Comunista. Não me pergunte quantos éramos. Só homens; nenhuma mulher. O vagão fedia a suor e excrementos. Eu tinha acordado com um tiro na perna. Todos riram quando pedi água: que tal cerveja? Me lembrei dos cassetetes e dos eletrochoques na prisão em Berlim. O trem parou e alguém descobriu que íamos para o sul. Eu só pensava em Sofia: o que teriam feito dela? Todos começaram a rezar no vagão. O que estava acontecendo? Para onde íamos? "Quer mesmo saber?", disse um homem. "Pois lhe digo: para o inferno. É para lá que estamos indo: para o inferno."

Hugo se ergueu e esbarrou em mesas vizinhas. Olhei em volta para pedir desculpas, mas já não estávamos na Andreasplatz, e sim numa grande enfermaria com camas de ferro. Franzino e careca, Hugo ajudava um enfermeiro a servir o jantar para um paciente terminal.

— Não, obrigado — gaguejou o homem. — Hoje é *Yom Kippur.** Vou jejuar para expiar meus pecados.

Hugo ficou abismado: como o judeu conseguia acreditar em Deus naquele estado deplorável?

— Pecado é recusar comida, sr. Levi.

A enfermaria de Dachau era uma babel ecumênica: judeus, cristãos, muçulmanos e ateus. Internado há quase dois meses, Hugo ainda não conhecia os alojamentos e o pátio onde os prisioneiros eram contados antes e depois dos trabalhos forçados. Sentia dores e formigamentos na coxa operada para a retirada de uma bala encravada no fêmur. O médico-chefe da enfermaria era o dr. Hafner, homem grisalho e bem-apessoado que mantinha ótimas relações com a diretoria de Dachau. Dr. Hafner nem parecia um prisioneiro, a julgar pela cortesia ao receber delegações estrangeiras que vinham conferir o hospital do campo-modelo do Reich. A inauguração de novos ambulatórios e de dois centros cirúrgicos desmentia as calúnias do judaísmo internacional contra o tratamento supostamente desumano dispensado aos internos.

Além de ajudar os enfermeiros, Hugo Hansen divertia os pacientes com anedotas e palhaçadas que atenuavam dores e aceleravam curas. Um dia foi chamado à sala do dr. Hafner.

— Estes quadros e livros vieram de meu consultório em Munique — disse o homem. — Só falta o fichário com o nome dos pacientes, pois o queimei quando fiscais do governo me intimaram a dizer quem tinha doenças congênitas e hereditárias. A Corte Especial de Munique me condenou a dois anos por desacato à Lei. O juiz quis converter minha pena em multa, mas preferi ficar em Dachau. Aqui sou mais útil do que lá fora.

---

* Na tradução judaica, Dia da Expiação, dedicado à contrição, às orações e ao jejum.

Hafner tirou o estetoscópio do pescoço e olhou Hugo com uma ternura fugaz.

— Mandei chamá-lo por um motivo pessoal. Há sete semanas você chegou e o clima melhorou na enfermaria. Todos gostam de você, sua recuperação tem sido milagrosa. Tecnicamente, já está apto a trabalhar. Só que... — Pigarreou. — Conheço a alma humana e posso garantir que você terá problemas em Dachau. Morre-se por qualquer motivo nesse campo. Gangues rivais vivem em pé de guerra e os guardas tiram proveito disso. Você merece um destino melhor.

"Sinto falta de um auxiliar na enfermaria, alguém para fazer controle de estoques, trabalhos de escritório, essas coisas. Claro que você vai lidar com doenças, morte, sujeira, mas as vantagens são indiscutíveis. Serão doze horas de expediente, com intervalo para refeições e folga aos domingos. Seu salário será pago em cupons especiais que você poderá usar na cantina do campo. Ah, sim! E terá um quarto só seu. Ao lado do meu, na ala privada do hospital.

Hugo aceitou a proposta, surpreso e aliviado, mas também aflito:

— Quanto tempo vou passar em Dachau?

— O diretor do hospital é meu amigo pessoal e disse que Berlim ainda não enviou seu inquérito para o Tribunal de Munique. Processos judiciais podem demorar bastante até a sentença. Prepare-se para ficar alguns anos aqui.

Seis meses depois

O bosque em frente à enfermaria amanheceu florido no fim de março. As árvores ainda estavam desfolhadas e havia porções de neve na grama seca, mas o frio diminuíra. Oito pacientes ainda padeciam com extremidades gangrenadas e problemas pulmonares por causa do inverno implacável. No auge da estação, Hugo acompanhara o dr. Hafner na visita a um alojamento assolado por um surto de difteria. Amontoados em beliches com palha no lugar de colchões, feito porcos num curral, os homens se melavam nas próprias fezes porque as latrinas do banheiro estavam entupidas.

A primavera estreava com violência: oito homens católicos tinham sido espancados porque um deles mencionara a parábola do bom samaritano na frente do Coronel Krüger, diretor do hospital, que considerava aquilo uma apologia à degradação racial. A verdadeira causa da truculência contra os católicos era a última encíclica do Papa Pio XI, que chamava Hitler de anticristo e definia o nacional-socialismo como um "neopaganismo provocativo". Mais de dez mil cópias da encíclica haviam sido secretamente distribuídas e lidas ao mesmo tempo em paróquias alemãs durante o Domingo de Ramos. Transtornado, o *Führer* prometera represálias. Hugo pensou em Sofia: não bastasse o sangue judeu, sua metade católica também afrontava o regime. O que lhe teria acontecido nos últimos meses? Estaria em Hamburgo, Berlim ou Nova York? Nenhuma das cartas enviadas por intermédio do dr. Hafner fora respondida.

Pensar em Sofia era um rito de sobrevivência para Hugo. Seu charme, sua lábia, seus truques retóricos já não seduziam ninguém. O carisma dos primeiros meses ficara para trás. Careca e magro, Hugo mal se reconhecia naqueles trajes brancos, cumprindo funções burocráticas doze horas por dia. Talvez despertasse inveja nos outros por usar roupas limpas, comer proteínas e dormir num quarto privado, sem marchar na lama e no frio, comandado por *Kapos* recrutados entre os próprios prisioneiros. Mas seus privilégios acabariam quando o dr. Hafner deixasse Dachau, no fim do ano.

A sentença da Corte Especial de Munique fora taxativa: dez anos por crime contra a segurança do Reich. Hugo só estaria livre em 1947, se não morresse ou fugisse antes. O único caso de fuga bem-sucedida em Dachau envolvia um comunista que havia estrangulado um guarda e escapado com seu uniforme. Isso em 1933, dois meses depois da inauguração do campo.

A proximidade com o dr. Hafner era alvo de cochichos maledicentes. Hugo sabia que o médico poderia lhe abrir portas, fosse em termos simbólicos ou literais. As relações de Hafner com o diretor do hospital remontavam aos anos 1920, quando o médico fora voluntário numa campanha humanitária movida por cristãos *quakers* na Alemanha devastada pela Guerra Mundial. O alvo da campanha eram crianças carentes. Quinze anos depois, um jovem oficial reconheceria seu benfeitor em Dachau. O jovem era o Coronel Krüger, pródigo em atrocidades quando vistoriava as obras de ampliação do hospital. Ignorante em ciências médicas, Krüger se formara às pressas num curso técnico em Graz que se dedicava a suprir lacunas deixadas por judeus enxotados da saúde pública. O desprezo de Hafner pelo coronel era um dos segredos divididos com Hugo.

Certo dia, um sujeito corpulento se aproximou de Hugo num canteiro de obras:

— Quem diria que Hugo Hansen virou um serviçal de poderosos? Agora só anda de roupa branca, lavado e obediente. Em Hamburgo as coisas eram diferentes. Você vivia de pequenos tráficos e namorava uma bela cantora de cabaré. Dizem que ela se deitava com generais da Gestapo e que só você não sabia disso. Claro que sabia. Não só sabia, como aprendeu a se deitar com as pessoas certas.

Ouviram-se risos de escárnio. A insinuação envolvia o dr. Hafner.

— Pena que seu amorzinho vá deixar Dachau no próximo Natal. Não acha que está na hora de fazer amizades?

Outro sujeito de olhos pontiagudos se aproximou:

— Ninguém está aqui por lealdade ao *Führer*. Eu mesmo dei uma facada num camisa-parda. Aquele colega ali assaltou um banco em Stuttgart e o baixinho é um judeu acusado de corromper a raça porque namorou uma ariana.

O corpulento encerrou o assunto:

— Você tem armas que não temos, e vice-versa. Queremos dois litros de éter metil-etílico e frascos de aspirina para vender no mercado negro. Pagaremos em *Zigaretten*, a menos que você prefira esses cupons malditos. Estamos combinados?

Hugo foi embora sem olhar para trás e nunca voltou com os produtos.

Agosto, 1937

Qual a cor dos olhos de Sofia? Qual a ordem das estações do metrô em Hamburgo? Como era aquele verso de Heine? Onde o pai guardava enxadas no sítio? Hugo requentava a memória para não enlouquecer. Outros prisioneiros lhe viravam a cara, achando que ele fosse um informante a serviço do Coronel Krüger.

Para piorar, corriam notícias alarmantes sobre o mundo lá fora. Os republicanos perdiam a Guerra Espanhola. Mussolini e Hitler trocavam afagos. Novos campos de concentração pipocavam na Alemanha. Hugo domava a angústia imaginando Sofia em seus braços. Onde ela estaria? Fazendo o quê? Trinta cartas esperavam resposta, os envelopes rubricados pelo dr. Hafner para driblar a censura postal. O primeiro passo para revê-la seria escapar de Dachau. Como? Quando? Hugo não pensava noutra coisa. Estudava o campo com uma obsessão sorrateira quando a sorte lhe acenou no fim do verão.

O rapaz surgiu na enfermaria com fortíssimas dores de cabeça e fraqueza muscular. Hafner logo suspeitou de encefalite viral, um caso de evolução incerta. Ferdinand Grass foi hidratado e medicado com analgésicos, mas seu quadro se agravou rapidamente. Sem apetite, não conseguia falar direito. Na semana seguinte já não reconhecia a mãe nem a noiva, que haviam conseguido uma autorização especial para visitá-lo. Hafner foi franco: encefalite viral era uma doença imprevisível. O desespero das duas comoveu a enfermaria. Grass logo estaria livre para se casar em novembro. Não era um criminoso comum ou um preso político, apenas um colecionador de livros proibidos que fora delatado por vizinhos e cumpria uma curta temporada em Dachau.

— Não quero sair daqui! — berrou, esgrimindo a voz flautada.

A mãe e a noiva derramaram lágrimas caudalosas. Todos soluçaram, exceto Hugo Hansen. Onde os outros viam tragédia, ele viu uma oportunidade.

Hafner achou a ideia um desatino: as raras e malsinadas tentativas de fugas eram diretamente reportadas a Heinrich Himmler. Hugo levou três dias e duas noites para convencer o médico, que mandou isolar Ferdinand Grass num quarto afastado para prevenir contágios. Quando Hugo teve uma crise de vômito, o prognóstico horrorizou o hospital: encefalite viral. Munidos de máscaras e luvas, enfermeiros o trancafiaram com Ferdinand Grass.

Os dois só recebiam alimentos e remédios por uma portinhola, pois ninguém se atrevia a entrar no quarto. Através de uma janela externa se assistiam a cenas pavorosas. Cadavéricos e sujos de excrementos, Hugo e Ferdinand passavam os dias gemendo e estertorando. Ferdinand ainda movia os braços. Hugo, nem isso. Sua agonia teve o único desfecho possível em novembro.

Cercado de cuidados, o caixão seguiu para o crematório de Munique. Só faltava Ferdinand Grass. O rapaz era uma ossada recalcitrante, nem água lhe ofereciam mais. A cova já estava pronta em sua cidade. A mãe vestia preto e a noiva já procurava outro pretendente. Mas ele não morria.

Um dia Grass se levantou para urinar num penico. Médicos se reuniram para discutir o caso, embasbacados com a melhora insólita. Uns desconfiavam de tifo; outros, de cólera. Ninguém desconfiou de fraude.

A decisão foi chancelada numa madrugada. Hafner assinou o atestado e Krüger autorizou a emissão do alvará de soltura. Raquítico, Ferdinand deixou o quarto antes do amanhecer. Os lábios marcavam os dentes e os olhos flutuavam nas órbitas. As formalidades de saída foram cumpridas à risca. Ferdinand Grass recebeu seus pertences e rubricou um termo de conferência. Despediu-se do dr. Hafner no saguão do hospital e saiu mancando até o portão principal, apoiado numa bengala.

A maleta que ele carregava fez o desfavor de se abrir no caminho. Hugo não se agachou. Faltavam forças. Seguiu em frente, brandindo o alvará de soltura. Chegando ao portão, viu a noiva de Ferdinand lá fora: "Meu amor! Meu amor!" Parentes aplaudiam a recuperação; a mãe gritava uma prece. Até os guardas ficaram emocionados. Hugo sentiu uma pontada no estômago: agora, sim, estava perdido. Recuou dois passos e o alvará de soltura saiu voando na escuridão. "Meu amor!", gritava a noiva. Hugo fez a única coisa capaz de prolongar sua vida: deu meia-volta e disparou campo adentro.

Duas horas depois, os prisioneiros eram contados e recontados no pátio central. Vinte guardas caçavam Ferdinand Grass enquanto os parentes oravam no saguão do hospital. No alto das torres, guardas usavam binóculos com ordem de matar quem se aproximasse das cercas eletrificadas. Alojamentos, enfermaria, canteiros de obras, cantinas, cozinhas: o campo inteiro foi esquadrinhado. O Coronel Krüger vociferava com os subalternos, atrasado para uma solenidade em Munique. Naquele dia a cúpula nacional-socialista celebraria o aniversário do *Putsch* da Cervejaria.

Ninguém encontrou Ferdinand Grass até o fim da tarde. O incidente já repercutia em Berlim, pois Dachau era o campo de estimação do *Führer*. Krüger se contorcia de dores abdominais quando o dr. Hafner o chamou para um exame em seu consultório. Foi ali que encontraram Hugo Hansen numa poltrona.

Krüger custou a entender aquilo. Na dúvida, engatilhou um revólver. Hugo não se moveu. Krüger mirou a arma. O disparo ia acontecer quando Hafner veio por trás e degolou Krüger com uma faca serrilhada. Sangue nas paredes. Krüger tombou no chão, afônico, vomitando as vísceras. Hafner lhe entupiu a boca com um lenço:

— Rápido, antes que o sangue manche a roupa dele.

Hugo vedou a soleira da porta com um tapete e despiu o coronel, que estrebuchava numa poça vermelha. A farda ficou tão frouxa em seu corpo que Hafner teve de estufá-la com panos e almofadas.

— O carro do coronel está no pátio de trás. Siga pelo corredor e saia pela última porta à direita. Diga apenas *Heil Hitler* e os guardas abrirão o carro. Sabe dirigir? Perfeito! O coronel sempre dispensou motoristas. Vá até este endereço em Munique e fale com o padre Ludwig.

Hafner entregou o papel para Hugo e pegou o revólver do coronel:

— Agora atire em mim.

— Por que eu faria isso?

— Faça agora. Atire.

— Atirar onde? Atirar por quê?

— Direi aos guardas que você nos atacou e fugiu com a roupa do coronel. Eles iriam desconfiar de mim se eu saísse ileso da cena.

Para encorajar o rapaz, Hafner abriu uma gaveta com um maço de envelopes. Eram as cartas para Sofia que ele nunca havia enviado.

— Vamos, atire! — E caiu no choro.

Hugo mirou sua cabeça, num misto de pena e nojo. Queria estraçalhar aquele crânio maldito, mas desviou a pontaria e lhe acertou a perna.

Partiu sem remorso, o rosto encovado sob o boné do Coronel Krüger. Chovia no pátio do estacionamento. Hugo marchou até o carro e saudou o guarda que lhe abriu a porta com um guarda-chuva na mão:

— *Heil Hitler.*

— *Heil Hitler* — disse o guarda sem encará-lo.

Hugo girou a chave e ligou as palhetas do para-brisa. Nunca havia dirigido carros de passeio, só empilhadeiras no porto de Hamburgo. Conseguiu acender o farol e engrenar a marcha. Contornou o prédio administrativo e viu os portões do campo se abrirem. Quatro guardas armados lhe prestaram continência. Hugo evitou olhá-los. Estava livre.

* * *

— Foi assim que fugi de Dachau há setenta e seis anos. Larguei o carro numa estrada e consegui chegar a Munique. Passei meses escondido no fundo oco do altar de uma igreja. À noite o padre empurrava o altar para me dar água e comida e pegar o balde que eu usava como latrina. Foram longas semanas encolhido no escuro, sem poder fazer barulho, ouvindo missas, batizados, confissões, casamentos e os mexericos das faxineiras que limpavam a igreja. A polícia deve ter saído atrás de Ferdinand Grass, não de mim. Nunca mais tive notícias do dr. Hafner. Em 1938 consegui entrar na Suíça.

— Você já contou essa história para alguém?

— Não.

— Muita gente teria interesse em escutá-lo. É uma aventura impressionante.

Impressionante, sem dúvida. Verossímil, nem tanto. Minha desconfiança era explícita:

— Por que mandaram o corpo de Ferdinand Grass para Munique em vez de cremá-lo no próprio campo de concentração?

— Não havia forno crematório em Dachau naquela época. Os fornos só seriam construídos durante a guerra.

Dez horas da noite, éramos os únicos fregueses no café da Andreasplatz. Como Hugo dava sinais de cansaço, paguei a conta e o acompanhei até a Praça do Mercado, onde ele pegaria o bonde para casa. Combinamos um encontro ali mesmo na manhã seguinte. Para minha felicidade, Hugo tinha aceitado ir comigo para Hamburgo e depor no Tribunal de Justiça. Ressaltei que ele deveria apenas confirmar que minha avó era a amiga mencionada na carta de Klara. Sua identidade seria comprovada graças aos dados antropométricos do inquérito policial guardado por Charlotte Rosenberg. Na despedida, Hugo disse que poderia me ajudar "de um modo especial". Qual modo?

— Em Hamburgo você saberá — e tomou o bonde para casa.

Voltei para o hotel em estado de graça. Basileia era a cidade mais linda do mundo com suas fontes e travessas medievais. Prédios *art nouveau* lembravam Paris numa rua comercial. Mas meu êxtase foi sabotado pelo toque do telefone celular. Vovó parecia dopada.

— Você merece saber a verdade.

— Qual verdade?

— Preciso lhe contar agora mesmo.

— Contar o quê?

— Eu matei Klara Hansen.

* * *

Na manhã seguinte, Hugo Hansen me esperava na Praça do Mercado com uma mala, um cabide com ternos, chapéu de Humphrey Bogart em *Casablanca* e um sorriso radioso:

— Pela primeira vez em setenta e cinco anos não preciso ler jornais!

Tomamos um táxi para a Estação Ferroviária.

— Vamos chegar a Hamburgo hoje à noite. Amanhã cedo você vai encontrar minha avó.

— Setenta e cinco anos de espera! Para tudo na vida existe a hora certa, não é mesmo? Até para a morte existe a hora certa.

— Livro de Eclesiastes?

— Não. Prokofiev.

— Quem?

— Serguei Prokofiev, compositor russo. Morreu em março de 1953, mas os jornais não deram importância porque Stálin havia morrido no mesmo dia. Prokofiev morreu na hora errada.

Perguntei se ele gostava das músicas de Prokofiev.

— Não escuto músicas, só leio jornais.

Chegando à estação, Hugo Hansen não resistiu a uma espiada nas manchetes do dia.

— Quer que eu compre um jornal para você?

— Eu mesmo compro meus jornais! — E tirou a carteira do bolso. — Não confio em ninguém desde o caso do primeiro-ministro israelense. Ben Gurion estava internado num hospital em Jerusalém quando seu amigo Nehemia Argov se suicidou, em 1957. Os jornais fizeram edições falsas escondendo a notícia de Ben Gurion, que só descobriu a verdade mais tarde.

Hugo Hansen comprou cinco jornais e os devorou com expressões grotescas, jogando as folhas lidas para trás.

— Nada importante — suspirou. — Só um desastre aéreo na Rússia e um golpe de Estado na África.

Tomamos café numa lanchonete. Engoli duas xícaras grandes, disfarçando os bocejos depois da noite maldormida. A confissão de vovó me roubara o sono. Impossível imaginá-la assassinando Klara Hansen. Crime impulsivo ou premeditado? Faca, revólver, veneno? Provavelmente ela não havia matado ninguém e só queria expiar algum remorso. Confissões ilusórias existem desde os primórdios da consciência. Talvez vovó tivesse desejado o mal da amiga e confundido desejo com realidade, atribuindo-se superpoderes. Psiquiatras sempre deparam com a chamada culpa do sobrevivente, típica de quem resiste a tragédias e não se perdoa por isso. Fosse qual fosse a verdade, precisávamos conversar com urgência. Pensei em seus silêncios, em seus cigarros. Pensei no tal segredo que só eu merecia saber. Pensei nos sete milhões de euros virtualmente perdidos se ela soltasse a língua para ouvidos errados. Sem dúvida, vovó me devia esclarecimentos. E Hugo também.

— Gostaria de entender uma coisa. Você a viu pela última vez em 1936, na prisão em Berlim. Como descobriu que ela e Klara moraram juntas em 1938?

Hugo sorriu como quem diz "boa pergunta", apontando uma paisagem alpina num painel publicitário.

— Vale de Loetschental, cantão de Valais.

E contou a seguinte história:

Fevereiro de 1938. Paraísos não combinam com tragédias, mas uma delas tinha atingido o lugar mais lindo do mundo. Por sorte, a avalanche só havia soterrado duas casas e estábulos entre as aldeias de Ferden e Kippel, mas o acesso ao interior do vale estava interditado. Tudo era branco e gelado quando Hugo saltou do trem em Loetschental.

O povo se revezava nos trabalhos de remoção da neve; não havia preguiça ou fraqueza naqueles braços. Agentes do Serviço Civil Internacional vinham de Basileia com alimentos, remédios, agasalhos e uma tonelada de sal grosso para derreter o gelo.

Fragilizado, Hugo mal conseguiu andar da estação ferroviária até uma taberna em Ferden. A alma pesava mais que o corpo quando lhe serviram uma caneca de leite quente. Ninguém sabia o que era nacional-socialismo em Loetschental. Tuberculose? Tampouco. Hugo estava num dos lugares mais isolados do mundo.

Suas pernas eram uns gravetos doloridos após três meses escondido no fundo oco de um mobiliário numa igreja da Baváría. Três meses de frio e escuridão. O sacrifício acabaria com um sussurro abafado do pároco:

— Acorde! Vamos tirá-lo da Alemanha agora mesmo. Beba água.

Hugo foi enrolado numa manta de lã, enfiado numa saca de juta e jogado na caçamba de uma camioneta que arrancou madrugada afora. Respirar era dificílimo porque o nariz e a garganta ardiam muito. Prensado num carregamento de sal, devia manter os olhos bem fechados. Certamente Sofia achava que ele havia morrido em Dachau. Aflito, urinou na manta.

Em algum momento, a camioneta parou e Hugo ouviu vozes. Tiros de metralhadora. Mais tarde ele saberia que eram guardas alemães desconfiados de contrabando. Subornados pelos motoristas do Serviço Civil Internacional, deixaram o carro cruzar a fronteira com a Áustria para contornar o Lago de Constança e entrar na Suíça. A camioneta fazia parte de um comboio que trazia sal grosso das minas de Salzburg para derreter os estragos de uma avalanche no cantão de Valais.

Seis horas de tormento terminaram em Basileia. Mais salgado que bacalhau, Hugo bebeu litros d'água, fez uma boa refeição, tomou banho e embarcou no furgão de uma força-tarefa com voluntários suíços, alemães, franceses e italianos. No cantão de Valais, os suprimentos foram transferidos para um trem porque não havia rodovia para o vale de Loetschental.

Socorrido pelos nativos, Hugo foi instalado numa cabana isolada nas alturas. Ali viveu cercado de neve, visitado aos domingos por um ancião que lhe trazia lenha, comida e bebida. Ninguém podia estar mais seguro. Nem mais angustiado.

Em abril, a primavera floriu o vale e Hugo foi convidado a trabalhar numa plantação de centeio cercada por montanhas com pinheiros e cumes nevados. Hugo também ordenhava vacas, tosava ovelhas, puxava burricos e cortava lenha. À noite era visto na única taberna de Ferden, entretendo inocentes com suas lorotas. Até o padre ria de piadas que deveria censurar, duvidando que o mundo fosse tão complicado além dos granitos de Loetschental.

De vez em quando chegavam notícias de fora. A metástase nacional-socialista tomara a Áustria. Na Espanha, o General Franco vencia os republicanos. Hugo não se sentia confortável naquele éden sitiado pelo horror. Precisava lutar no front e vencer ou tombar. Sem dinheiro nem documentos, só poderia deixar o vale com a ajuda do Serviço Civil Internacional. Havia um mundo a ser consertado, mas sua prioridade era rever Sofia.

Os encantos do vale se esvaíram no verão. Hugo começou a beber além da conta, enjoado de queijo e manteiga, irritado com a ignorância daquela gente, sem paciência para contemplar bosques e rios cristalinos enquanto o mundo boiava em sangue.

Em agosto, apareceu um jovem casal em lua de mel. Voluntários do Serviço Civil Internacional, vinham de Basileia para uma semana no vale. Não aproveitaram a temporada porque Hugo grudou nos dois. Em setembro, o vale se perfilou na estação de Ferden para dar adeus ao forasteiro. Hugo prometeu retornar com sua amada antes do próximo inverno. Quem acreditou foi colher feno e centeio. Quem não acreditou fingiu acreditar e foi colher feno e centeio.

Em Basileia, o jovem casal enfrentou maus bocados com aquele intruso acampado na sala. Hugo procurou a oposição alemã exilada na Suíça e foi desaconselhado a voltar para Hamburgo. Basileia era uma cidade especialmente visada por serviços de segurança por fazer fronteira com a Alemanha e a França. Nas estações de trem, policiais conferiam com rigor redobrado a bagagem e os documentos de quem fosse para o Terceiro Reich.

Em outubro, Hugo obteve documentos falsos com o nome de Manuel Plank. Na ocasião, conheceu um químico farmacêutico chamado Otto Schellenberg. Amigo de amigos, estava a caminho de Hamburgo para um congresso internacional. Hugo implorou ajuda.

Três semanas depois, Herr *Schellenberg perambulava por St. Pauli entre fardas e braçadeiras. Na Grosse Freiheit, o gerente de um bar informou que a Estrela Polar havia se apresentado ali recentemente e que tinha "uma amiga rica" que desenhava vestidos na Grosse Bleichen, no Centro da cidade.*

Na manhã seguinte, o farmacêutico suíço analisava a rua como um detetive amador. A luz dos postes públicos eram borrões amarelos na névoa fria e as calçadas estavam vazias por causa do feriado nacional pelo aniversário do Putsch *da Cervejaria.*

Otto Schellenberg ouviu uma campainha soar do outro lado da rua e viu uma moça à porta de uma loja chamada Maison Hansen. Loira, jovem, esguia, carregava uma maleta e parecia ansiosa. Otto chegou perto com um aceno patético:

— Bom dia.

A moça não respondeu, assustada.

— Por acaso a senhora conhece algum... Hugo Hansen?

Silêncio.

— *É que ele fugiu de Dachau. Meu nome é Otto Schellenberg, sou de Basileia.*

A moça não chegou a arregalar os olhos. Só empalideceu e analisou o homem num relance atento.

— *Como ele está?*

— *Está bem.*

As luzes da loja se acenderam. Alguém vinha atender à porta. Sofia precisava ser rápida.

— *Diga a ele que a Estrela Polar vai brilhar em Basileia* — *e rogou que o homem fosse embora.*

— *Quando a Estrela Polar vai brilhar em Basileia?*

Sofia pensou antes de responder.

— *Os jornais anunciarão minha chegada.*

* * *

O trem para Hamburgo estacionou na plataforma às onze horas da manhã. Embarcamos na classe executiva e um comissário ajudou Hugo a reclinar a poltrona. Ele estava tranquilo; eu, nem tanto. A ser verdadeira a história do farmacêutico, por que minha avó não teria ido encontrá-lo em Basileia? Mais uma incógnita.

— A frase era uma senha — Hugo admitiu num tom penitente. — Uma senha que só nós dois conhecíamos. Nossa última conversa, nossa última briga aconteceu num cabaré em Berlim. Eu estava bêbado e drogado. Ela queria fugir da Alemanha e morar nos Estados Unidos. Eu disse que ela seria escrava dos jornais se fosse embora porque passaria a vida procurando notícias minhas.

Hugo tirou os óculos e secou uma lágrima:

— Quem virou escravo dos jornais fui eu. Há setenta e cinco anos leio todos os jornais desta cidade. Todos eles. Li mais de 60 mil jornais até hoje; sei tudo o que acontece no mundo. Terremotos, guerras, futebol, política, economia, fofoca. Sei as cotações do mercado financeiro; sei a temperatura em Moscou, Sydney e São Paulo. Sei quem casou em Hollywood, quem venceu o campeonato de futebol na Dinamarca. Sei do tráfego em Tóquio, das luas de Júpiter, dos conflitos no Quênia. Sei que o aeroporto de Londres ganhou um novo terminal, que o nível de colesterol infantil aumentou nos Estados Unidos, que inauguraram uma ponte no Paquistão. Sei fazer pudim de limão, sei a diferença entre tartaruga e jabuti, sei tricotar meias de lã, conheço todos os signos do zodíaco... Só não sei por que Sofia nunca me procurou. Às vezes me pergunto se ela me perdoou pelas besteiras que andei fazendo em 1935. Alguém deve ter lhe contado o que aconteceu na Bavária.

— Quais besteiras?

— Éramos jovens. Gostávamos de dançar, cantar e ler poesias. Queríamos sabotar os Jogos Olímpicos de Inverno e denunciar as barbaridades de Hitler. Atletas, autoridades, repórteres do mundo inteiro viriam à Bavária em fevereiro de 1936. Íamos espalhar folhetos em várias línguas com segredos do Partido.

"Viajei para Munique com dois amigos em 1935; Sofia ficou em Hamburgo. Recrutávamos companheiros para a missão. Um deles era um barbeiro que me deu revistas para ler enquanto cortava meus cabelos. As revistas tinham um texto secreto em letra invisível.

"Bem, você deve imaginar o que significa ser um homem livre numa cidade grande. Deixei as revistas no hotel e conheci uma moça numa boate. Uma chinesa. Jovem, baixinha, bunda perfeita, rosto de porcelana, cabelos pretos. Falava mal o alemão. Uma mulher irresistível. E traiçoeira.

"Acordei dois dias depois. O gerente do hotel jogou um balde d'água em mim. Meu dinheiro e documentos estavam no quarto, mas as revistas tinham desaparecido. Procurei a chinesa; não encontrei. Era domingo e o salão do barbeiro não funcionava. O que eu teria dito para aquela bandida? Não lembrava. Cheguei a Hamburgo e descobri que meus companheiros de luta estavam presos. Alguns teriam sido mandados para campos de concentração. Encontrei Sofia desesperada; a Gestapo havia destruído nossa casa. Nunca lhe contei a verdade. Nunca. Fui o responsável pela desgraça de meus companheiros. Carrego essa cruz há quase oitenta anos. Por isso não quis abandonar a Alemanha: precisava pagar pelo meu erro."

— E os papéis?

— Que papéis?

— Minha avó disse que você guardava papéis secretos num envelope azul.

— Ah, sim! O envelope que a Gestapo achou lá em casa. Não significavam nada.

— Nada?

— Eram contrainformações. Boatos, códigos e mapas falsos, essas coisas. — Sorriu. — Os nazistas devem ter perdido um bom tempo com aquilo. Não existe guerra sem contrainformações. Por sinal, outro dia o *Basler Zeitung* publicou uma matéria sobre as luzes que os franceses instalaram na periferia de Paris para confundir aviões alemães que atacavam à noite durante a Guerra Mundial. Os franceses fizeram uma Paris de mentira com avenidas, trens e até letreiros que piscavam como lojas enquanto a Paris de verdade ficava apagada. Nunca cheguei a esse grau de sofisticação, mas inventei muita coisa boa. E estava tudo naquele envelope.

Definitivamente, os dois tinham muito a conversar. Vovó carregava culpas lancinantes desde a juventude na Alemanha. Quantas delas infundadas?

O trem cruzou a fronteira com a Alemanha em alguns minutos. Passamos por campos verdes com estradas e casas esparsas. Céu limpo, nenhum vestígio de nuvem.

— Este país mudou bastante — Hugo comentou serenamente, observando a paisagem.

Perguntei se ele queria um cobertor ou um travesseiro. Que tal descalçar os sapatos? Hugo não respondeu. Respeitei seu silêncio.

Capítulo 16

Alemanha, 1938

O fiscal abriu uma pasta com tecidos:

— Qualquer mulher ficará perfeita nisto — e fez Klara apalpar uma amostra de lã sintética. — Temos uma indústria forte e não precisamos importar nada daquele prostíbulo.

O homem se referia à França.

— A senhora ganhará um certificado especial da Associação Alemã-Ariana da Indústria do Vestuário: *Ware aus arischer Hand.** Para isso, deverá usar apenas produtos nacionais e não comprar nada de judeus. Agora veja estas fivelas e estes botões criados pelo Instituto de Moda Alemão.

Klara entabulou uma conversa imaginária com a mãe para suportar aquela provação.

— Comprou mais joias? — perguntou Martha.

— Anteontem comprei um colar de ouro branco com rubis. Já guardei no banco. Hoje cedo o sr. Fischberg me ofe-

---

* Produto procedente de mãos arianas.

receu um broche de diamantes africanos. Mil e quinhentos marcos do Reich.

— Gustav von Fritsch já morreu?

— Fale baixo, mamãe, pelo amor de Deus!

— Esta é uma conversa imaginária, não se preocupe.

— Sofia me procurou semana passada. Disse que Gustav viajaria para Kiel com colegas da SS e que ela ia tentar matá--lo lá mesmo.

— Será que vai conseguir?

— Não sei. Estou tão nervosa! Oito dias sem notícias. Contei a ela que Gustav mandou Hugo para Dachau em 1936. Também falei que ele é alérgico a terebintina e que prefere as ruivas. Preparei um jantar, tomamos duas garrafas de vinho.

— Tomaram o quê? — estranhou o fiscal.

Klara respondeu qualquer coisa e pôs o homem para fora do ateliê, alegando compromissos urgentes. No lavabo, retocou o batom e conferiu as sobrancelhas. Oito dias aguardando Sofia. Oito dias de cogitações aflitas. Não deveria tê-la envolvido naquela encrenca.

Precisava rematar duas peças à tarde: um bolero e uma saia *plissée*. Na manhã seguinte receberia um repórter da revista *Die Dame* para comentar as tendências do próximo inverno. O repórter tentaria desvendar os segredos de suas novas criações, sem imaginar que o maior segredo de Klara Hansen não tinha a ver com moda. Uma costureira bateu à porta do lavabo: alguém lá fora procurava a madame. Outro fiscal? Não, uma senhorita loira. Klara sentiu um calafrio.

Cabelos curtos e oxigenados *à la* Jean Harlow, Sofia vestia um casaco amarfanhado. Estava abatida, com um arranhão no pescoço. Não chegaram a se cumprimentar. Sofia tirou do bolso um anel de prata com a runa Tiwaz em relevo:

— Para sua coleção de joias.

A inscrição SS na face interna era um recado inequívoco: Gustav estava morto. Klara quis beijar Sofia na boca, mas conseguiu se conter.

— Vá para meu apartamento no segundo andar. Há comida no refrigerador automático da cozinha. Tome um banho, use as toalhas azuis e descanse no quarto de minha mãe, que agora é seu.

Capítulo 17

Três dias depois

O comissário Bauer foi conduzido pelo mordomo à biblioteca particular de Rudolf von Fritsch. O salão social tinha arranjos florais em homenagem a Gustav. A imprensa fora discreta e respeitosa nas divulgações. O corpo chegara a Hamburgo num carro funerário escoltado por motocicletas. Inconsolável, a viúva afagava a barriga de oito meses no cemitério de Ohlsdorf. Houve discursos e salva de tiros após a leitura de uma carta assinada pelo Reichsführer-SS, Heinrich Himmler. Gustav falecera aos trinta anos, no ápice do vigor. Seu cadáver ainda exalava beleza no caixão de nogueira e alças douradas. Uma desgraça!

Bauer estava mais intrigado do que pesaroso durante as exéquias. O telefone tocara dois dias antes no Centro de Controle da *Kriminalpolizei* em Hamburgo. Os primeiros indícios sugeriam um afogamento acidental em Kiel.

Foi uma longa espera na biblioteca particular de *Herr* von Fritsch. Cinzento e atarracado, o comissário Bauer vivia exclusivamente para o trabalho. Qualquer dia sem afazeres profissionais era um suplício. Namoros, parentes, amizades: não tinha relações pessoais. Estava prestes a enfrentar férias compulsórias quando a redenção acenou com a morte do jovem oficial.

Abatido, Rudolf von Fritsch surgiu num *robe de chambre* azul-marinho:

— *Heil Hitler*!

— *Heil Hitler, Herr* von Fritsch.

— Em que posso ajudá-lo, *Komissar* Bauer?

— Perdoe a pressa, *Herr* von Fritsch, mas o tempo é inimigo da verdade em casos como esse. Espero contar com sua prestimosa colaboração.

— Fique à vontade, *Komissar* Bauer. Sente-se, por favor.

— Serei objetivo. Eu mesmo presenciei o trabalho dos peritos e deduzo que Gustav não tenha morrido afogado.

O homem encarou o comissário com gravidade e lhe ofereceu uísque. Bauer declinou. *Herr* von Fritsch encheu seu copo e fez um gesto aquiescente para que o comissário prosseguisse.

— Não havia água nos pulmões de Gustav. Ele morreu asfixiado antes de ser jogado no Lago Tröndelsee. Descobrimos que Gustav esteve num cabaré e saiu de lá com uma mulher às duas e meia da madrugada. Uma mulher ruiva em trajes sumários. Gustav dirigiu seu carro até uma região afastada de Kiel e teria mantido relações sexuais com a mulher no próprio veículo. O legista calcula que o corpo tenha boiado por cinco ou seis horas após o óbito. Gustav calçava apenas meias pretas. A chave do carro não estava na ignição. Havia roupas espalhadas em torno do veículo, inclusive a carteira com dinheiro e documentos. Nada foi roubado e não encontramos sinais de luta. A vegetação no local indica que Gustav foi rolado, e não arrastado para o lago. A própria mulher ruiva poderia ter feito isso.

Rudolf von Fritsch mantinha o semblante fechado.

— Nada impede que a morte de Gustav tenha sido uma fatalidade, mas eu gostaria de esclarecer uma dúvida importante. Notei uma cicatriz em seu pescoço, na altura da fáscia visceral sobre a traqueia. Trata-se de uma traqueostomia ou estou enganado?

O pai admitiu que Gustav sofrera uma intervenção traqueostômica devido a uma crise alérgica. A garganta do rapaz se fechara após a inalação de alguma substância química.

— Qual substância? — indagou o comissário.

— Um verniz ou solvente usado numa obra.

— Que obra?

— A obra de um imóvel que Gustav ofereceu à sua noiva Klara Hansen. Eles romperam há dois anos e Gustav se casou com *Frau* Keller.

O comissário se agitou na poltrona:

— Existe algum registro dessa intervenção médica?

— Procuramos manter o incidente em sigilo, mas fique à vontade para falar com o doutor que atendeu Gustav no Hospital St. Georg. Desde criança ele tinha problemas respiratórios. Chegamos a interromper uma viagem aos Alpes tiroleses devido a uma crise alérgica.

— Conversei com pessoas que viram Gustav naquela madrugada. Ninguém conhecia a mulher ruiva que saiu com ele do cabaré. As prostitutas me pareceram sinceras em seus depoimentos. Faço-lhe uma pergunta muito importante, *Herr* von Fritsch. Alguém teria interesse na morte de Gustav?

Rudolf franziu a testa e se aproximou da janela. Esquilos saltitavam no gramado.

— Meu filho era um jovem promissor num ambiente competitivo, *Komissar* Bauer. Provavelmente tinha desafetos dentro e fora da SS. Além disso, Gustav era um macho voraz, e sua investigação poderá trazer revelações inoportunas. Por favor, não esqueça que existe uma viúva grávida de oito meses. Gustav já não está entre nós, mas seu nome deve ser preservado.

— Vou reformular a pergunta, *Herr* von Fritsch. O senhor acha que Klara Hansen teria interesse na morte de Gustav?

Houve um longo silêncio.

— *Komissar* Bauer, trata-se de um assunto delicado. Meu filho tirou todos os proveitos dessa moça e não se casou com ela. Procure entender, nossa situação econômica é menos confortável do que parece. Perdemos quase tudo em 1929 e vendemos propriedades nos anos seguintes. Não temos mais do que um passado glorioso e um futuro incerto. Gustav se envolveu com a filha do industrial Wilhelm Keller quando Klara Hansen já estava grávida. Tivemos de tomar medidas drásticas, mandamos Klara para uma clínica de natalidade em Steinhöring e ali nasceu uma criança que hoje mora em algum país nórdico. Não queríamos filhos bastardos nem problemas sucessórios na família. É natural que Klara Hansen tenha sofrido com isso, mas ganhou uma bela recompensa e hoje é uma modista de sucesso.

O policial abriu uma maleta:

— Gostaria que o senhor examinasse alguns objetos — e tirou um pacote. — Fiz uma série de pesquisas em Kiel e descobri que a tal mulher ruiva havia se hospedado num cortiço perto do cabaré. A dona do cortiço disse que ela vinha de outra cidade, mas não soube precisar a origem. A moça não falou com ninguém e deixou o lugar pouco antes da aparição do corpo. Infelizmente seu quarto já estava limpo e arrumado, mas examinei o lixo dos hóspedes e encontrei isto aqui.

Von Fritsch fez um beiço enojado:

— O senhor vai me mostrar o lixo de um cortiço?

— Para investigadores policiais, lixo é somente aquilo que não contribui para a elucidação de um crime. Todo contato deixa ao menos uma marca, ensina o médico e jurista francês Edmond Locard. Nem sempre as marcas são óbvias, *Herr* von Fritsch. O senhor e sua esposa poderão determinar se isto é lixo ou não.

— Pobre Olga! Ela mal consegue raciocinar, *Komissar* Bauer. Estamos profundamente consternados.

— A solução deste caso importa não apenas às pessoas atingidas diretamente, mas ao Reich alemão. A própria SS tem agentes empenhados nas investigações em Kiel.

Persuadido, Von Fritsch aceitou ver dois grampos para cabelos, uma caixa de fósforos, uma meia furada, papéis rasgados e amassados. Um dos papéis era o resto de um bilhete. Outro, uma nota fiscal. Um terceiro, um guardanapo. O último papel mostrava parte de um desenho a lápis.

— Desconheço esses objetos, *Komissar* Bauer. Olga poderá examiná-los se o senhor deixá-los comigo.

— Impossível, *Herr* von Fritsch. Isto pertence à Polícia Criminal e deve permanecer sob sua exclusiva custódia.

Bauer estava mentindo. Não havia protocolo a ser observado, inclusive porque ele havia fuçado o lixo do cortiço por sua conta e risco, sem avisar ninguém. Profissional obstinado, era dado a excentricidades nem sempre compreendidas por seus pares.

— Estes objetos não significam nada para mim — declarou Rudolf von Fritsch. Fatigado, tocou um sininho para chamar o mordomo. — Preciso descansar. Conte com minha colaboração, assim como conto com sua discrição. *Auf Wiedersehen, Komissar.*

Bauer dissimulou a decepção com uma despedida reverente e hesitou em interrogar o mordomo que o levou à porta. Faria perguntas sobre Klara Hansen, mas preferiu ficar quieto e pediu para usar o banheiro. No jardim da mansão, contemplou um chafariz de mármore que lembrava o Palácio de Versalhes. Já pisava a rua ao ouvir Rudolf von Fritsch chamá-lo de volta. O homem estava inquieto em seu *robe de chambre*:

— Faça-me a gentileza, *Komissar* Bauer, mostre-me novamente aquele papel.

— Que papel?

— O papel com o desenho a lápis. Acho que sei quem fez aquilo.

Capítulo 18

Departamento de Polícia Criminal de Hamburgo
Inquérito Policial nº 86917050
Responsável: comissário Alfred Bauer
Instauração: 02/08/1938

* * *

Folhas 14/15

"[...] *Herr* Rudolf von Fritsch ausentou-se da biblioteca e voltou com uma fotografia do filho, dizendo-se impressionado com a semelhança entre o fragmento de desenho encontrado em Kiel e uma fração da fotografia de Gustav, tirada em Berlim por ocasião do casamento de Emma e Hermann Göring, em 10 de abril de 1935. Na fotografia, Gustav veste um traje oficial preto da SS com a insígnia de Tenente-Coronel na gola esquerda. Ao lado, Hermann Göring. O fragmento de desenho recria a porção inferior esquerda do rosto de Gustav, mostrando a comissura dos lábios, metade do queixo, parte do pescoço e da gola do uniforme fotografado. A evidente coincidência entre a fotografia e o fragmento de desenho permite supor que o autor do desenho conhece ou conheceu a fotografia.

Ressalte-se que a fotografia trazida por *Herr* Rudolf von Fritsch era exibida no salão social de sua residência, sobre uma arca com adornos suntuosos encostada à parede na qual figura o certificado de pureza racial de Gustav von Fritsch. Trata-se de uma imagem grande o suficiente para ser contemplada a distância, sobretudo em razão da localização privilegiada no salão.

Causa espécie a semelhança entre o fragmento de desenho e a fração da fotografia. *Herr* Rudolf von Fritsch não soube esclarecer se a imagem fora divulgada na imprensa ou em alguma publicação da SS. A fotografia pertence a um acervo familiar com seis imagens do casamento. Numa das fotografias, Gustav posa com Klara Hansen. *Herr* Rudolf von Fritsch foi categórico ao afirmar, 'com razoável grau de certeza', que Klara Hansen seria a autora do desenho coincidente com o retrato do filho.

Palavras suas: 'Presumo que Klara Hansen guarde consigo fotografias do casamento de Hermann Göring, embora ela não necessite disso para recordar detalhes. Klara Hansen tem memória absoluta.'"

* * *

Folhas 16/18
Local da diligência: Maison Hansen, Grosse Bleichen nº 31
Hamburgo
Data: 04/08/1938

"[...] *Frau* Hansen recebeu este comissário educadamente em seu ateliê, sem surpresa ou consternação aparente em razão da morte de Gustav von Fritsch. Disse ter sabido do evento 'pela imprensa', não especificando a fonte informativa. Afirmou desconhecer as circunstâncias e a causa da morte, dada a concisão com que ela foi noticiada. Reagiu friamente à descrição dos fatos e à suspeita de cometimento de um crime, estranhando a hipótese de afogamento porque Gustav von Fritsch era um 'notável esportista'. Este comissário detalhou o laudo cadavérico segundo o qual o Tenente-Coronel da SS teria sofrido uma asfixia antes de ser atirado, já morto, no lago Tröndelsee, em Kiel. *Frau* Hansen ouviu com interesse o relato, sem sinais de pesar ou qualquer vestígio de emoção. Calma e ponderada, admitiu ter vontade de enviar um telegrama de condolências à família, mas temia ser inconveniente, já que 'ninguém ali queria saber dela'.

Declarou espontaneamente não guardar mágoa de Gustav von Fritsch, de quem fora noiva e a quem devia sua promissora carreira de modista. Sem ser indagada, adiantou que se encontrava em Hamburgo na noite da morte do Tenente-Coronel e que não deixava a cidade havia pelo menos três meses, assoberbada de trabalho.

Apresentada ao pedaço de desenho encontrado em Kiel, assegurou não saber do que se tratava. Tampouco a impressionou a superposição coincidente entre o desenho e o retrato do finado Tenente-Coronel. Este comissário aludiu aos seus renomados dons de desenhista, numa explícita associação entre seu talento e aquele desenho. *Frau* Hansen adotou um tom assertivo (mas não hostil) ao garantir nunca ter matado 'mais do que porcos e galinhas' em vinte anos de vida. Perguntada se conhecia alguém capaz de ter cometido o suposto crime, *Frau* Hansen disse que não e alegou pressa para outros compromissos, denotando impaciência e irritação compatíveis com a provocação sofrida.

Cientificada de que este comissário poderia voltar a inquiri-la a qualquer momento, *Frau* Hansen se prontificou a colaborar com a polícia 'quando e como lhe fosse possível'. Solicitada a não deixar a cidade sem prévia e expressa anuência da Polícia Criminal, na pessoa de seu delegado-chefe, *Frau* Hansen despediu-se deste comissário com cordial frieza."

* * *

Folhas 21/22
Local da diligência: Pensão Aurora do Báltico, Hafenstrasse nº 12
Kiel
Data: 05/08/1938

"[...] cooperativa e descontraída, a sra. Gertrude Seidel examinou fotografias de Klara Hansen sem reconhecê-la como a hóspede de sua pensão que teria matado Gustav von Fritsch. *Frau* Seidel salientou, contudo, a 'notória semelhança' entre a citada hóspede e Klara Hansen, ressalvados a cor e o corte dos cabelos (Klara os possui loiros e longos; a hóspede os possuía ruivos e curtos).

Frau Seidel reiterou que a hóspede não manteve contato com outras pessoas durante os três dias de permanência na pensão. Arredia, saía apenas à noite, vestindo um casacão preto 'de boa qualidade'. *Frau* Seidel frisou não ter o hábito de bisbilhotar hóspedes nem conversar com eles 'além do indispensável'. Não guardava qualquer documento assinado pela hóspede, cujo nome ignorava e de quem recebera, em dinheiro, o valor pela hospedagem no mesmo dia de sua chegada, regra inegociável na pensão."

* * *

Folhas 23/24

Local da diligência: Cabaré Messalina, Hafenstrasse nº 25

Kiel

Data: 05/08/1938

"[...] Brigitte F. Trumbauer, vulgo Borboleta da Noite, garantiu desconhecer Klara Hansen após analisar meticulosamente suas fotografias. Referindo-se à mulher suspeita de matar Gustav von Fritsch:

'Parecia tímida e muito séria. Não falou com ninguém no cabaré, olhando em torno como se procurasse uma pessoa específica. Na primeira noite usou um deslumbrante modelo de organza amarelo com decote no busto. Ficava fumando e bebendo sozinha naquela mesa ali. Na terceira noite, entrou no salão com o tal oficial da SS por volta de duas horas, mas não demoraram muito. Acho que já se conheciam. Beberam cerveja e conversaram bastante. Somos hospitaleiras com recém-chegadas, mas existem regras, e uma delas proíbe o assédio aos clientes das outras. Só não abordamos essa moça porque ela não assediou ninguém nas duas primeiras noites.'

Palavras de Brigitte F. Trumbauer diante de fotografias de Klara Hansen:

'O formato do rosto é muito parecido. O corpo também. Mas os olhos dessa mulher são mais redondos e as pálpebras são mais espessas. Como ela se chama? Oh, sim, Klara Hansen. Nunca ouvi esse nome por aqui. Ainda bem que ela resolveu ser costureira em Hamburgo, senão teríamos uma concorrente poderosa.'"

* * *

Folhas 29/30
Local da diligência: Grosse Bleichen, Hamburgo
Data: 10/08/1938

"Klara Hansen deixou o ateliê às 14h23, caminhou até a Kaiser-Wilhelm-Strasse e se dirigiu a uma agência do Hamburger Alsterbank, carregando uma bolsa de mão.

Este comissário desconhece a finalidade da visita. Recomenda-se ao Escritório Central da Polícia Criminal requerer ao banco informações registrais sobre Klara Hansen. As fotografias tiradas por este comissário mostram Klara Hansen indo à agência com um colar, pulseira e brincos que não aparecem nas fotografias de seu retorno à Grosse Bleichen, sendo plausível que ela tenha guardado as joias na agência (leia-se: num cofre da agência)."

* * *

Folhas 33/34
Local da diligência: Hospital St. Georg, Lohmühlenstrasse nº 05
Hamburgo
Data: 12/08/1938

"O dr. Bruno W. Lichtenberg alegou ter destruído os documentos referentes à internação emergencial de Gustav von Fritsch em dezembro de 1935. A destruição atendeu a pedido da própria família, que desejava eliminar provas da vulnerabilidade congênita ou hereditária de Gustav von Fritsch.

Dada a excepcionalidade desta diligência e o óbito do paciente, o dr. Bruno W. Lichtenberg confirmou que Gustav von Fritsch chegara ao hospital respirando através de um orifício traqueostômico realizado por um leigo, devido ao espessamento repentino do tecido de sua garganta durante a visita a um imóvel em obras. Entre as hipóteses aventadas como causa adequada do evento, aquela que soou mais factível foi uma reação alérgica à resina natural conhecida como terebintina, utilizada para solver tintas e vernizes. O dr. Bruno W. Lichtenberg informou que esse tipo de reação alérgica pode levar à morte por asfixia e choque anafilático em casos mais virulentos.

Inobstante a gravidade da crise alérgica, Gustav von Fritsch recuperou-se de modo rápido e surpreendente, tendo se submetido a uma 'discreta intervenção plástica' para a ocultação das marcas deixadas pela traqueostomia.

Indagado sobre Klara Hansen, o dr. Bruno W. Lichtenberg afirmou que ela acompanhou o paciente durante a semana de internação, externando zelo e afeto pelo noivo. Não foi testemunhada qualquer desavença entre os dois.

Por fim, o dr. Bruno W. Lichtenberg acrescentou ter estabelecido contatos ligeiros e meramente cordiais com Klara Hansen, cuja beleza e elegância encantou a equipe encarregada de cuidar de Gustav von Fritsch."

* * *

Folhas 38/39
Local da diligência: hemeroteca do Arquivo-Geral de Hamburgo, Kattunbleiche, nº 19
Hamburgo
Data: 16/08/1938
Matéria veiculada na edição de 03/04/1936 do jornal *Hamburger Fremdenblatt* / seção feminina / Fotografias de senhoras elegantes em evento social

"A modista Klara Hansen e sua mãe, Martha, reuniram um seleto grupo de convidados na Maison Hansen para apresentar suas novas criações. Todos se encantaram com os cortes originais em tecidos importados da França. Foram servidas iguarias finas e champanhe Perrier Jouet, além de um delicioso sortimento de refrescos.

Depoimentos das clientes:

Frau Mühlfeld: 'Adoro os trajes que Klara e Martha Hansen confeccionam para mim. Klara conhece meus gostos e necessidades. Desenha fantasticamente bem e guarda na memória todas as roupas que outras senhoras têm usado em eventos de prestígio.'

Frau Schuttmann: 'Além de linda, Klara Hansen é extremamente educada e tem uma cultura apreciável para sua pouca idade. Ninguém corre o risco de deparar com roupas semelhantes nos salões sociais, pois Klara Hansen faz peças únicas como ela.'

Frau von Wegberg: 'Klara Hansen é um gênio. Pergunte a ela qualquer coisa sobre moda e a resposta virá antes de você terminar a pergunta.'"

• • •

Folhas 42/43/44
Local da diligência: Grosse Bleichen, Hamburgo
Data: 18/08/1938

"[...] a sra. Wilma Brotz declarou trabalhar para Klara Hansen desde a inauguração de seu ateliê, há aproximadamente dois anos e seis meses. Disse que Klara e Martha Hansen sempre foram pessoas simples e afáveis. Todavia, Klara já demonstrava uma sutil 'instabilidade emocional' durante o noivado com Gustav von Fritsch, de quem ela 'gostava efetivamente'. Sinais de abatimento e ansiedade eram corriqueiros, embora sem os 'arroubos temperamentais' verificados a partir da gravidez anunciada no verão de 1936.

A sra. Wilma Brotz admitiu saber o que 'todas sabiam no ateliê': que Klara Hansen fora raptada por Gustav von Fritsch e internada numa clínica de natalidade em Steinhöring, na Baviera. Martha Hansen teria enfrentado meses infernais até o regresso da filha, em março de 1937. Klara nunca seria a mesma. Suas ausências frequentes e uma 'profunda tristeza no olhar' traíam a angústia causada pelo desaparecimento do filho. O casamento de Gustav von Fritsch com Erika Keller também teria 'arrasado' Klara Hansen.

A sra. Wilma Brotz qualificou de 'absurda' a suposição desse comissário de que Klara Hansen teria matado ou mandado matar Gustav von Fritsch. Salientou, contudo, que Klara andava 'especialmente raivosa' depois da internação da mãe num hospital devido a um acidente doméstico ocasionado pelo falecimento do filho Hugo. A morte de Martha Hansen teria 'desnorteado' Klara em julho passado, embora mal se notasse seu abalo porque a patroa sabia 'ocultar sentimentos'.

Questionada sobre peculiaridades mentais de Klara Hansen, a sra. Wilma Brotz relatou um episódio que falava por si sobre seus 'dons extraordinários'. Klara Hansen mantinha trancado num armário um arquivo com dados sobre as clientes, como roupas produzidas, predileções estéticas, comentários etc. Klara Hansen sempre consultava as fichas durante os atendimentos. Apesar da confessa curiosidade, a sra. Wilma Brotz nunca se atrevera a tocar no arquivo, inclusive porque Klara Hansen escondia as chaves do armário.

Certa vez, a sra. Wilma Brotz teve a oportunidade de saciar sua curiosidade. A patroa teria se ausentado do ateliê e o armário estava entreaberto. Surpreendida — para não dizer chocada —, a sra. Wilma Brotz descobriu não haver nada escrito nas fichas além de 'rabiscos ininteligíveis'. Em síntese, Klara Hansen guardava na memória (e tão somente na memória) as informações sobre as clientes.

Há poucos dias, a sra. Wilma Brotz reparou na perplexidade de uma 'cliente brasileira' quando Klara Hansen lhe sugeriu usar determinada estola num coquetel formal. 'Como sabe que tenho aquela estola? Falei dela uma única vez ano passado!', exclamou a jovem senhora enquanto a sra. Wilma Brotz lhe ajustava um vestido na cabine de provas do ateliê.

Este comissário perguntou se a patroa vinha mostrando alguma alteração de ânimo ou de hábitos ultimamente. A sra. Wilma Brotz relutou em afirmar que, apesar do falecimento da mãe, Klara Hansen parecia 'mais feliz' ao estabelecer novas regras no ateliê, como encerrar o expediente impreterivelmente às 18 horas. Sua feição também havia remoçado com o novo corte de cabelo, agora mais curto e mais claro.

Comentário à parte: em atenta vigilância ao endereço onde Klara Hansen trabalha e reside, este comissário constatou que os empregados do ateliê — quatro costureiras e um garçom — são, de fato, dispensados às 18 horas. Todavia, o acender e apagar de luzes no apartamento da sobreloja, entrevisto através de janelas e basculantes na fachada frontal e lateral do prédio, sugere a presença de mais de uma pessoa no imóvel."

* * *

Folhas 50/51
Anexação de documento externo
Steinhöring, 11 de agosto de 1938

Prezado comissário Alfred Bauer,

Na qualidade de médica-chefe desta clínica e atendendo à sua solicitação no curso do Inquérito Policial nº 86917050, informo que Klara Hansen aqui se manteve internada a partir do dia 06/10/1936, grávida de uma criança nascida em 18/03/1937.

Klara Hansen recebeu tratamento diferenciado em razão de seu estado psicologicamente hostil, sendo confinada em quarto individual e monitorada durante os deslocamentos dentro da clínica.

Medicada com doses diárias intravenosas do barbitúrico Veronal, Klara Hansen mostrou boa resposta à droga, com a cessação imediata das agressões verbais e comportamentais até então verificadas. Inobstante a eficácia do tratamento, Klara Hansen incorreu em delírios, acessos de pânico e rompantes autodestrutivos.

No curso da internação, Klara Hansen foi incidentalmente diagnosticada como portadora de memória eidética, vulgarmente conhecida como memória fotográfica. O diagnóstico se calcou na superlativa capacidade de retenção visual da paciente, que foi capaz de desenhar cenas da clínica com absoluta exatidão após captá-las em relances triviais. Ressalte-se que alguns desenhos foram produzidos semanas após a captação das cenas retratadas.

Os desenhos foram destruídos por orientação da diretoria desta clínica, que decidiu aumentar a dosagem dos medicamentos ministrados a fim de embotar a percepção de Klara

Hansen e evitar um testemunho crítico, visual e documental virtualmente danoso aos interesses do Reich, considerada a confidencialidade do Programa Lebensborn.

Apesar dos inconvenientes verificados durante a gestação, Klara Hansen deu à luz uma criança saudável do sexo masculino. Em 20/03/1937, foi sedada e conduzida de avião para Hamburgo.

Na expectativa de tê-lo atendido satisfatoriamente, coloco-me à disposição para esclarecimentos adicionais que se façam pertinentes.

Heil Hitler!

Dra. Clothilde F. Ritter

* * *

Folhas 50/51

Anexação de documento interno

Signatário: comissário Alfred Bauer

<u>Carta confidencial</u>

Hamburgo, 22 de agosto de 1938

Ao sr. delegado-chefe da Polícia Criminal – seção Hamburgo

Prezado senhor,

Venho requerer autorização para a realização de procedimento policial consubstanciado na invasão e inspeção de imóvel sito à Grosse Bleichen nº 31, dia 25 de agosto de 1938, às 20 horas, devido à suspeita de que Klara Hansen reparte sua residência com pessoa de identidade ignorada.

Para tanto, solicito a designação de cinco agentes de sua estima e confiança. O procedimento policial compreenderá o térreo comercial onde funciona um ateliê de moda e o pavimento superior do imóvel, no qual reside Klara Hansen. Os trabalhos investigativos consistirão na conferência de todos os cômodos, móveis e objetos do referido endereço, com eventual apreensão de coisas ou pessoas ali encontradas e seu respectivo transporte para esta delegacia policial.

Por oportuno, este comissário comunica ter constatado que Klara Hansen é locatária de um cofre no subsolo da agência Cidade Nova do Hamburger Alsterbank. Conforme depoimento do sr. Jürgen Schiffer, funcionário do banco, o cofre contém joias e documentos privados, tendo sido originalmente locado em novembro de 1936 pela finada sra. Martha Hansen, mãe de Klara. A verificação do acervo guardado no cofre deverá ser objeto de diligência em momento adequado.

Este comissário aproveita o ensejo para informar que a sra. Klara Hansen esteve duas vezes, no espaço temporal de uma semana, no consulado-geral do Brasil, na Glockengiesserwall, nº 2. Em cotejo com o depoimento da sra. Wilma Brotz (folhas 42 a 44 deste inquérito), é lícito inferir que as visitas da sra. Klara Hansen envolvem relações pessoais com a sra. Aracy de Carvalho, brasileira, secretária lotada na seção de passaportes do referido consulado.

Em razão do acima exposto, este comissário recomenda a apuração da existência de passaporte ou de procedimento administrativo visando à expedição de passaporte em nome da sra. Klara Hansen, bem como o impedimento de sua evasão do Reich até a resolução do presente inquérito.

Este comissário vem reiterar a suspeita de que a sra. Klara Hansen ou pessoa por ela designada tenha asfixiado Gustav von Fritsch com o uso proposital de substância denominada terebintina, à qual a vítima era alérgica.

No firme intuito de encaminhar o presente inquérito para um desfecho exitoso, subscrevo-me cordialmente.

Heil Hitler!

Comissário Alfred Bauer

* * *

Carta confidencial

Hamburgo, 23 de agosto de 1938

Ao sr. delegado-chefe da Polícia Criminal – seção Hamburgo

Prezado senhor,

Este comissário vem requerer o cancelamento de procedimento policial solicitado anteriormente, consubstanciado na invasão e inspeção de imóvel sito à Grosse Bleichen nº 31, no dia 25 de agosto de 1938, às 20 horas.

O cancelamento é requerido por motivos de ordem prática, haja vista a falta de indícios consistentes contra a sra. Klara Hansen. Este comissário reconhece e declara que suas suspeitas contra a referida senhora decorrem de ilações arbitrárias, meramente especulativas, inexistindo qualquer vínculo tangível entre a sra. Klara Hansen e a morte do Tenente-Coronel da SS Gustav von Fritsch.

Por oportuno, este comissário roga a concessão de suas férias, na expectativa de usufruí-las imediatamente.

Heil Hitler!

Comissário Alfred Bauer

* * *

Timmendorfer Strand, 26 de agosto de 1938
Ao sr. delegado-chefe da Polícia Criminal – seção Hamburgo

Prezado senhor,

No usufruto de minhas férias às margens do aprazível Mar Báltico, teço algumas considerações de cunho estritamente pessoal.

Não foi a persuasão racional que me levou a associar a sra. Klara Hansen ao falecimento do Tenente-Coronel da SS Gustav von Fritsch. Antes, cedi ao fascínio que sempre nutri por pessoas dotadas de capacidades mentalmente extraordinárias. A memória anômala de Klara Hansen — referida nos autos do Inquérito Policial nº 86917050 — deslocou o foco de meu interesse, em detrimento da elucidação que me foi confiada.

Em verdade, a morte do Tenente-Coronel da SS Gustav von Fritsch sequer reúne indícios de homicídio. Manifesto essa certeza com humildade, admitindo ter incorrido num dos vícios mais nocivos e tradicionais do ser humano: a atribuição de causas e a estipulação de consequências para fenômenos inexplicáveis.

Sem mais, subscrevo-me respeitosamente.
Heil Hitler!
Comissário Alfred Bauer

Capítulo 19

— Comissário Bauer, não fique triste assim — pediu Sofia.
— O delegado vai gostar de sua carta. Pena que a assinatura esteja um pouco tremida.

O comissário fez um esgar rabugento:

— Está tremida porque nunca assinei um papel com as mãos acorrentadas.

Klara era a mais tensa:

— Foi o senhor quem nos obrigou a raptá-lo. Há um mês estava atrás de mim. Eu e minha amiga nem podíamos sair de casa.

Ao lado de Bauer, um penico e um pão mordido. Sofia segurava um copo d'água:

— Beba isto, *Komissar.*

— Não vou beber. Sei que tem sonífero nessa água.

— Abra a boca, *Komissar.* É tarde e estamos cansadas. Amanhã vou ter de ir a Timmendorfer Strand só para colocar sua carta numa caixa de correios.

O comissário rosnou um palavrão e virou a cara. Sofia entregou o copo para Klara e pegou o inquérito policial que havia achado no carro do homem:

— Não reclame da vida, *Komissar*. O destino foi justo com o senhor. Sua última carta para o delegado-chefe pedia autorização para invadir esta casa no dia 25 de agosto de 1938, às 20 horas. O senhor está no lugar onde pretendia estar neste momento, só que numa situação diferente.

Mais palavrões. Klara aproximou o copo com as mãos vacilantes:

— Beba logo, *Komissar*. A situação é difícil para todos. Não é simples manter um ateliê de moda com um refém no sótão e uma amiga escondida em casa.

Ouviu-se um grito ensurdecedor. Bauer mordia o braço de Klara com os dentes cravados no músculo. O sangue minava na boca do comissário quando Sofia tentou chutá-lo, errou a mira e caiu de quatro. Klara urrava de dor. O comissário ia arrancar um pedaço de carne quando Sofia deu a primeira pancada com o candelabro. A segunda foi mais forte, mas o cocuruto do homem só começou a sangrar na terceira. A quarta rachou seu crânio. Na sexta, os miolos escorriam nas têmporas. Na oitava, ele agonizava. Na décima, estava morto.

Um martelo ajudou a afrouxar o maxilar do cadáver. Sofia jogou água na ferida de Klara e enrolou um pano em seu braço para estancar o sangramento. Ficaram se olhando em estado de choque. E agora? O que fazer com o corpo?

— Gelo seco! — lembrou Sofia.

O efeito cenográfico impressionava o público. Sofia flutuava na fumaça produzida com cubos esbranquiçados imersos em bacias de água morna que eram colocadas em torno do palco. O cenógrafo do Alkazar lhe dissera que lascas de gelo seco retardavam a putrefação dos cadáveres nos necrotérios da Guerra Mundial. Aquele produto não gotejava e era bem mais frio do que gelo comum.

Mais cúmplices do que nunca, Sofia e Klara tomaram um táxi para um frigorífico industrial. Duas horas depois, polvilharam gelo seco sobre o defunto e o enrolaram num lençol reforçado com tafetá preto, crepe de seda lilás e três metros de gabardine fúcsia.

— Pronto — suspirou Sofia. — Não vai feder tão cedo. Temos tempo para pensar no que fazer com o corpo.

Klara estava inconsolável:

— A culpa foi sua! Você não deveria ter levado meus desenhos para Kiel.

— Não sou como você, que tem memória absoluta. Poderia ter matado o homem errado sem os seus desenhos.

— Para piorar, resolveu raptar o comissário. Não precisava. Ele só queria me interrogar outra vez.

— Engano seu. Ele entrou no ateliê com as algemas no bolso. Iríamos para a cadeia se eu não fizesse aquilo.

Klara evitou pensar na cena: Sofia vindo por trás e sedando o homem com uma compressa de clorofórmio.

— É para a cadeia que nós vamos em breve se minha cliente brasileira não puder nos ajudar.

* * *

Só voltaram ao sótão no sábado seguinte. A cova já estava preparada no jardim de inverno. Como não era profunda, decidiram cobri-la com plantas e pedras ornamentais roubadas do Parque Elba. Imundas de terra e suor, passaram a tarde limpando rastros lamacentos no ateliê vazio. Tomaram banho, beberam vinho e se animaram a sair para dançar *swing* no Café Heinze. Estavam estranhamente felizes. Enfim podiam passear à vontade, sem o patrulhamento daquele sujeito detestável.

Chegaram ao Café Heinze com botas de cano alto e vestidos decotados. Dançaram *swing* até o amanhecer, Klara rodopiando às gargalhadas. No braço direito, o curativo com a mordida do comissário. Pareciam irmãs. A principal diferença estava nos cabelos. Sofia tivera de cortá-los e pintá-los de vermelho para matar Gustav von Fritsch em Kiel. Cumprida a missão, um frasco de água oxigenada a deixara ainda mais loira que a amiga.

Voltando para casa, Sofia achou prudente se mudar para um hotel. Klara lamentou, mas era uma medida sensata. Há um mês Sofia se escondia no apartamento da amiga sem o conhecimento das costureiras, que poderiam escutar ruídos suspeitos no andar de cima. Sofia conseguiu se hospedar num lugar barato chamado Hotel Danúbio, perto da Estação Central e do consulado brasileiro. Passaram a se ver somente à noite e nos fins de semana.

As costureiras e o garçom só não notaram as alterações no jardim de inverno porque os interesses convergiam para a exótica jovialidade da patroa, que estreou a semana numa espécie de quimono dourado. Foram dias atribulados devido a um vestido de casamento. A noiva era a vaidosa filha de um industrial do ramo têxtil que havia produzido um tecido ofuscantemente branco para o traje nupcial. Klara agiu com extrema simpatia, realizando os caprichos da alteza sem sinais de impaciência. O que teria acontecido à patroa?, cochichavam as costureiras. Todas ficaram em polvorosa quando um policial apareceu no ateliê. O circunspecto detetive Bertholt Drechsler mostrou suas credenciais, tirou o casaco de couro preto e perguntou se Klara porventura tinha notícias do comissário Bauer.

— Desapareceu há cerca de dez dias. Recebemos uma carta dele que nos deixou preocupados. Suspeitamos que o comissário Bauer tenha sido sequestrado enquanto investigava a morte de Gustav von Fritsch. Seu carro foi encontrado aqui perto semana passada, sem indícios de arrombamento — fez um silêncio tático para estudar a reação de Klara, que demonstrou calma.

— Não consigo imaginar o que possa ter acontecido ao comissário, *Herr* Drechsler.

— Por acaso ele esteve aqui com a senhora?

— Esteve, sim, há cerca de um mês, e fez perguntas sobre Gustav von Fritsch.

— Parecia nervoso ou preocupado?

— Creio que não, *Herr* Drechsler. Aceita café? A propósito, já descobriram o que houve com o Tenente-Coronel von Fritsch? Sinceramente, acho improvável a hipótese de afogamento. Gustav era um excelente nadador.

— A investigação ainda está em curso, *Frau* Hansen. A própria SS destacou um time de peritos para apurar o caso. Caso o *Komissar* não reapareça nos próximos dias, serão investigações correlatas.

O delegado bebeu café e se despediu com uma mesura cortês. Klara esperou o fim do expediente, tomou um calmante e correu para o hotel de Sofia:

— Precisamos sair deste país o mais rápido possível. Nossos passaportes já estão com Aracy de Carvalho no consulado brasileiro.

— E as joias no cofre? Como vamos tirá-las da Alemanha?

— Ainda não sei. Talvez o sr. Fischberg saiba como resolver o problema.

O velho judeu andava apreensivo porque o governo o intimara a vender sua loja para um empresário ariano. A maior preocupação do joalheiro nem era o preço irrisório do negócio, e sim o estoque secreto guardado num fundo falso:

peças de Cartier, Boucheron, Van Cleef & Arpels, Chaumet e outros. Impossível vender aquilo a preço justo ou carregar tantas joias para Tel-Aviv, onde Fischberg pretendia encontrar filhos e netos. O governo do Reich vinha dificultando a evasão de riquezas porque precisava financiar seus esforços de guerra. Judeus eram o alvo preferencial do Fisco. Uma norma recente os obrigava a declarar suas posses, fossem bens imóveis, obras de arte, joias ou papéis financeiros.

Klara enfrentava problema parecido. No Porto de Hamburgo, autoridades aduaneiras esquadrinhavam as malas de viajantes e faziam confiscos arbitrários. Traficantes cobravam exorbitâncias para expatriar bens que nem sempre chegavam ao destino. Até pessoas comuns aceitavam embarcar com objetos preciosos em troca de passagens para o estrangeiro. Fischberg aconselhou Klara a cruzar alguma fronteira em viagens sucessivas para ir depositando seu patrimônio na França, na Bélgica ou na Holanda. Só que Klara precisava de um plano mais discreto por ser uma pessoa pública e visada pela polícia.

Sofia teve o lampejo no primeiro domingo de outono. Aracy de Carvalho recebia as duas para um almoço íntimo em seu apartamento, perto do lago Alster. Comemoravam a emissão dos vistos para o Brasil, que traziam a palavra "temporário" em letras graúdas e a assinatura do cônsul. As passagens de ida e volta haviam custado quatro mil marcos do Reich. Precavidas, Klara e Sofia compraram bilhetes em agências diferentes da companhia marítima. Klara viajaria na primeira classe; Sofia, na classe econômica do *Cap Arcona II*. O embarque estava marcado para as treze horas de quinta-feira, 10 de novembro de 1938. Fariam escalas em Roterdã e Lisboa antes de atravessar o Atlântico e chegariam ao Rio de Janeiro como turistas, com direito a seis meses de permanência e sem autorização para trabalhar. Passariam a primeira semana num suntuoso hotel litorâneo chamado Copacabana Palace.

Aracy evitou indagar os motivos daquela fuga altamente sigilosa — a qual, aliás, dispensava explicações. Os tambores de guerra já rufavam em Berlim e ficar na Alemanha era uma insanidade para quem pudesse ir embora. Hitler agora cobiçava pedaços da Tchecoslováquia depois de anexar a Áustria, para a angústia da pacifista diplomacia anglo-francesa.

Durante o almoço, Aracy comentou que o Brasil era governado por um ditador nacionalista que monitorava comunidades estrangeiras no país. Embora simpatizasse com o Terceiro Reich, Getúlio Vargas temia a lealdade ao *Führer* em colônias alemãs do sul do país. Em São Paulo viviam milhares de italianos e japoneses. A capital federal era uma colcha de retalhos étnicos, culturais, religiosos e socioeconômicos. Klara e Sofia viram retratos do Carnaval carioca num álbum: odaliscas, faraós, pierrôs, colombinas, ciganos, sultões. Num salão de baile, foliões posavam com túnicas e turbantes carregados de penduricalhos espalhafatosos. Sofia abriu um sorriso sagaz:

— Já sei como tirar as joias da Alemanha. Vamos agora mesmo para St. Pauli.

O gerente do bar na Grosse Freiheit ficou eufórico: sua maior atração voltaria aos palcos para uma curta temporada. Praticamente toda a classe artística se debandara do Reich e as noites andavam lúgubres em St. Pauli. Os ensaios com um jovem pianista tomaram uma semana exaustiva: Cole Porter, George Gershwin, Irving Berlin. Um iluminador ajustaria as cores das lâmpadas ao pitoresco figurino produzido por Klara Hansen. As costureiras do ateliê estranharam ver a patroa trancada em casa, devotada à produção de trajes misteriosos. O primeiro a ser concluído foi um vestido de seda roxa enfeitado com paetês e miçangas cintilantes. O segundo tinha um emaranhado de metais. Não faltaram acessórios como um cetro prateado e uma tiara cravejada de pedras falsas. Só que as pedras não eram falsas.

Na noite de estreia, o sr. Fischberg conteve os nervos ao ver Sofia Stern num modelo que ele estimava em quinze mil marcos do Reich. Nas golas, cinquenta quilates. Os anéis não passavam de bijuterias, mas a fivela na cintura consistia num broche da grife Boucheron. Nos sapatos, diamantes ovalados extraídos de uma gargantilha que teria pertencido à atriz parisiense Sarah Bernhardt. Foram seis vestidos e respectivos acessórios, além de peças autênticas como presilhas *art nouveau* de René Lalique. O próprio Fischberg se encarregara de desmontar as joias para ajudar Klara a dispersá-las em peças como um bustiê dourado e um par de luvas cintilantes que subiam aos cotovelos. A Estrela Polar era uma jazida ambulante.

Casa lotada, Sofia esbanjou sensualidade em canções como "Embraceable you" e "Night and day", arriscando uns floreios risonhos e rebolando entre as mesas. A segunda apresentação foi ainda mais concorrida e a terceira tinha fila na porta. Aplaudidíssima, Sofia deixava o palco invariavelmente exausta porque as roupas pesavam toneladas. O sr. Fischberg ficava de prontidão caso algum quilate desprendesse dos figurinos. Klara só assistiu ao primeiro espetáculo, maravilhada nos fundos do salão, resolvida a cantar como a amiga em um futuro qualquer.

Em outubro, Sofia interrompeu o penúltimo espetáculo para anunciar que se apresentaria na Holanda. Palmas e assobios. Três dias depois, embarcava na Estação Central com uma grande mala pesando vinte quilos. Agarrada à bagagem, Sofia olhou as planícies nevoentas do noroeste alemão durante quatro horas de trem.

— Estrela Polar? — reconheceu um camisa-parda.

Conversaram amistosamente, Sofia esgarçando sorrisos, ávida para cruzar a fronteira. Despediu-se do rapaz na baldeação em Düsseldorf e lhe ofereceu um postal autografado no qual posava com um turbante cravejado de brilhantes. Trazia vários postais como aquele e um cartaz promocional de um show em Roterdã. Só que não haveria show algum.

Os passageiros saltaram numa estação fronteiriça. Ofegante, Sofia arrastou seus pertences até uma saleta onde um emburrado oficial do Reich lhe abriu a mala.

— A senhora é prostituta? — perguntou com escárnio, apalpando um vestido cintilante.

Sofia entregou um cartão-postal com sua assinatura:

— Sou artista e vou me apresentar na Holanda.

— Stern é um sobrenome judeu.

— Minha mãe era cristã. Sou *Mischling* de primeiro grau.

O oficial examinou o passaporte com o visto para o Brasil.

— Quando pretende ir para lá?

— Em dezembro vou me apresentar num cassino do Rio de Janeiro.

— *Heil Hitler!* — disse o homem, devolvendo-lhe o documento.

Sofia deu cinco passos e cumprimentou um oficial holandês. Emocionada, deixava a Alemanha pela primeira vez na vida. A joias de Klara estavam a salvo!

* * *

A maior novidade do ateliê eram os modelos *prêt-à-porter* para "urgências sociais". Klara mantinha em estoque cinco peças versáteis e neutras que poderiam se ajustar a qualquer corpo. A primeira leva desapareceu em apenas dois dias. Em meados de outubro, a vitrine do ateliê exibia uma túnica de linho egípcio com bordaduras douradas. Klara vinha desenhando modelos estapafúrdios e recomendando bizarrices como ponchos coloridos e calças compridas para senhoras finas. Uma costureira ouviu falar que a Maison Hansen seria fechada por fiscais do governo. Outra teria escutado que o ateliê ganharia uma filial na América. Klara desmentiu os boatos com veemência, mas guardou segredo sobre a viagem ao Brasil. Segredo maior era a razão de transformar o jardim de inverno numa floresta tropical e enchê-lo de plantas aromáticas que abrandavam as emanações cadavéricas do comissário Bauer.

* * *

Klara mandou o garçom servir café e água gasosa para o detetive Bertholt Drechsler, que voltou a importuná-la no fim de outubro:

— A senhora figura numa lista de passageiros da companhia Hamburg Süd num cruzeiro para a América do Sul.

— Farei uma pesquisa sobre as tendências da moda tropical para novas coleções da Maison Hansen. Pretendo criar roupas inspiradas nas florestas brasileiras, mas prefiro não divulgar a viagem porque nosso *métier* é muito competitivo. Estarei de volta até o fim do ano. Não vou me demorar no Brasil, tenho medo de febre amarela. — Apontou tecidos em sua prancha de trabalho. — Oh, detetive! Por favor, não conte a ninguém que viu cortes de cambraia e viscose neste ateliê. Há quem diga que são materiais vulgares. Pois que digam! Coco Chanel também foi difamada antes de ser Coco Chanel.

— Ainda não descobrimos o paradeiro do *Komissar* Bauer. — O homem fez uma pausa arguta. — O inquérito policial sobre a morte de Gustav von Fritsch também desapareceu.

A polícia está à caça de uma moça ruiva que teria matado o Tenente-Coronel von Fritsch. Veja este retrato falado.

O desenho tinha lá suas semelhanças com Sofia, mas era impreciso o bastante para ser associado a milhões de mulheres. Alarmada, Klara foi dar a notícia à amiga. Apareceu no Hotel Danúbio às três da madrugada e encontrou Sofia em pânico. É que policiais haviam interpelado hóspedes judeus e detido uma família de ascendência polonesa para expulsá-la do Reich imediatamente. Cenas de desespero tomaram o saguão. Embora não tivesse sangue polonês, Sofia fora interrogada por um oficial que conferiu seu passaporte:

— Seu visto para o Brasil é temporário, mas isto não é problema do Reich. Quando pretende embarcar?

— Daqui a uma semana.

— Vai sozinha ou acompanhada?

— Sozinha.

— Você é uma *Mischling* de primeiro grau. Se voltar para o Reich, será presa e mandada para um campo de concentração. Pretende levar bens valiosos?

— Não. Sou pobre.

— Judeus sempre dizem que são pobres. Assim vêm roubando a Alemanha há mil anos. Vou encaminhar seus dados para fiscais fazendários. Adeus, Sofia Stern. *Heil Hitler!*

Klara corou de raiva ao ouvir aquilo:

— Falei mil vezes para você ficar na Holanda!

— Eu não podia deixá-la sozinha. Você salvou minha vida. Vamos sair juntas da Alemanha. Juntas! Nossa maior preocupação eram as joias, que já estão à nossa espera em Roterdã.

— Só que existem outras joias...

Klara contou que o sr. Fischberg tinha vendido a loja no Neuer Wall e partido para a Palestina pelo porto italiano de Gênova.

— Comprei o estoque dele e joias de clientes que precisavam fugir do país. O cofre do banco está cheio novamente. Broches, braceletes, gargantilhas, anéis, brincos...

Sofia não gostou da novidade:

— Estávamos livres desse problema e tudo voltou ao que era antes.

— Eu precisava gastar meus marcos do Reich. Ou você acha fácil tirar dinheiro da Alemanha? Mas ainda tenho outra coisa para contar. A polícia está atrás de mim, não sei o que pode acontecer. O cerco está se fechando. Guarde esta chave com você. Se eu morrer ou desaparecer, as joias serão suas. Deixei uma carta dizendo isso no cofre do Hamburger Alsterbank. Pegue todas as joias, vá sozinha para o Brasil e cuide de sua vida. Tenho medo de ser presa e torturada, por isso nem me fale o endereço das joias em Roterdã. Prefiro não saber onde estão.

* * *

Sábado, 5 de novembro de 1938

Sofia aproveitou para passear sozinha em Blankenese, uma antiga vila de pescadores com casarões seculares e ruas sinuosas à beira do Elba. Tentou enxergar a foz do rio de um mirante numa colina, não conseguiu. Em cinco dias estaria debruçada no *Cap Arcona II*, vendo o rio se diluir no mar e a Alemanha recuar no horizonte. Lembrou-se dos transatlânticos visitados com o pai; lembrou-se dos pianos corroídos pela maresia e dos passageiros em espreguiçadeiras no convés, bajulados por garçons e camareiros. Estava feliz com a partida, logicamente, mas seu sonho mais íntimo era driblar a segurança portuária e fugir clandestina no porão de um cargueiro. Coisas de menina.

Klara gastou o dia observando as vitrines do Centro e imaginando como as cariocas se vestiam. Conseguiria ser modista naquele trópico longínquo? Recordou o primeiro sábado com Sofia em Hamburgo: as escadas rolantes da loja Hirschfeld, a estátua de Bismarck, a pensão da cartomante. Tomou chocolate quente numa confeitaria e chorou discretamente.

* * *

Segunda-feira, 7 de novembro de 1938

As rádios alardearam o incidente em Paris. Um jovem judeu havia entrado na embaixada do Reich e baleado um secretário ariano para protestar contra o calvário dos pais, que estavam entre os alemães deportados para a fronteira com a Polônia. Milhares de pessoas padeciam de fome e de frio numa terra de ninguém, sem ter para onde ir porque o país vizinho se recusava a recebê-las.

Os tiros em Ernst vom Rath ressoaram em toda a Alemanha. Hitler enviou seu médico pessoal para a França. As rádios não falavam noutra coisa. O gerente do Hotel Danúbio pediu que Sofia procurasse outro endereço por "motivos de força maior".

* * *

Terça-feira, 8 de novembro de 1938

A piora do secretário Vom Rath elevou a tensão no país. Klara recebeu clientes normalmente e fez uma grande encomenda numa loja de tecidos. Aproveitou um intervalo vespertino para comprar cosméticos, peças íntimas e roupas leves para usar no Rio de Janeiro. Só não doava agasalhos porque, em tese, voltaria a Hamburgo antes do novo ano. Talvez sentisse saudade da Alemanha. Talvez repulsa. Talvez os dois.

Quando as costureiras chegassem para trabalhar, em dois dias, Klara já estaria no porto aguardando o embarque. Como quarta-feira seria feriado nacional (aniversário do *Putsch* da Cervejaria), aquele era seu último dia de trabalho. As rádios davam como certo que o secretário morreria a qualquer momento. Detido pela polícia francesa, o atirador judeu não esboçava arrependimento.

No saguão do Hotel Danúbio, hóspedes acompanhavam o noticiário radiofônico com fervor cívico. O gerente exigiu que Sofia deixasse o hotel até a manhã seguinte.

* * *

Quarta-feira, 9 de novembro de 1938

Feriado nacional. Sofia deixou o hotel às seis horas da manhã com uma maleta de couro. Caminhando para o Centro, teve a sensação de estar sendo perseguida. Olhou para trás. Ninguém. Bandeiras com suásticas decoravam as ruas ainda escuras e desertas.

Cruzou a Praça Adolf Hitler, chegou à orla do Lago Alster e virou à esquerda na Grosse Bleichen. Persistia a sensação de estar sendo perseguida quando tocou a campainha de Klara. Quase desmaiou ao notar um vulto se aproximando.

Passaram a manhã juntas, ouvindo música brasileira no fonógrafo automático. Prepararam uma *omelette au fromage* e tomaram champanhe. Sofia estava irrequieta. Klara lhe mostrou cadernos com desenhos de um bebê que ia se transformando numa criança. Era assim que ela acompanhava o crescimento do filho: imaginando seu rosto, seu porte, seus modos. Cada dia, um desenho.

Saíram para a última caminhada em Hamburgo. No Centro, hordas da Juventude Hitlerista marchavam em homenagem aos mortos no golpe fracassado de 1923. O público aplaudia e agitava bandeirolas vermelhas. Nos jornais, manchetes sobre o estado terminal do secretário Vom Rath.

Caminharam até o Grindel para ver a antiga casa de Sofia, na Bornstrasse. Uma janela entreaberta rangia no térreo e havia cartas na soleira da porta. Crianças brincavam numa varanda, alheias ao discurso de Hitler no rádio.

Voltando para o Centro, se defrontaram com um grupo de camisas-pardas. Um deles apontou para Sofia:

— Você não é aquela judia que cantava no Alkazar? Estrela Polar?

Sofia não respondeu e as duas foram perseguidas até a esquina da Jungfernstieg com a Grosse Bleichen. Em casa, ouviram na rádio o hino Deutschland über alles.* O secretário Vom Rath acabara de morrer. Comoção nacional. Hitler intimava o povo alemão a revidar a "agressão perpetrada pela escória israelita".

Klara e Sofia fizeram a única coisa a ser feita: esperar a manhã seguinte. Esvaziaram duas garrafas de vinho tinto. Silêncio nas ruas. Sofia propôs um banho quente, mas Klara preferiu ouvir música na sala. Deveria escrever bilhetes para as costureiras? Tinha lá seus afetos e impressões sobre esta ou aquela. Deixara dinheiro numa caixa de madeira, o suficiente para os salários até o fim do ano. Na manhã seguinte passaria no banco para pegar as joias compradas do sr. Fischberg.

---

* Alemanha acima de tudo; hino nacional alemão.

Como camuflá-las na bagagem? Um vento gelado assobiou pelo basculante. Klara buscou um cobertor no quarto, voltou para a sala e cochilou no sofá enquanto Sofia tomava banho. Acordou com um estrondo.

— Sofia?

A amiga dormia em seu quarto. Outro estrondo. Klara vestiu um mantô e desceu para o térreo. Já passara da meia-noite. Na vitrine do ateliê, uma Estrela de Davi pichada em branco e a frase que Klara leu invertida: aqui mora uma prostituta judia. O único ruído lá fora era a goteira de uma calha na calçada úmida. Deveria acordar Sofia? Decidiu remover a pichação.

Entrou na despensa sem acender as luzes e pegou um frasco de terebintina e uma estopa. Atrás do frasco, uma lata com as cinzas de Hugo. Já devia ter jogado aquilo fora há muito tempo. Andou descalça no ateliê, sentindo a maciez do tapete e apalpando a mobília de madeira ondulada. Um perfume doce pairava na cabine de provas. À sua frente, o espelho com molduras douradas que Gustav von Fritsch comprara em 1935. Klara viu seu contorno refletido durante um clarão. Quem sabe ela teria um ateliê semelhante no Rio de Janeiro? Outro clarão.

Estilhaços e gritos masculinos:

— Tem alguém aí?!

Klara se encolheu no chão da cabine de provas.

— Tem alguém aí?!

Um homem vasculhou o ateliê com um lampião, outros o esperavam do lado de fora.

— Onde se acende a luz desta merda? Klaus, venha cá!

— Klaus foi buscar querosene — responderam da rua.

Mais vidros quebrados, palavrões, estampidos, coisas derrubadas. Klara sentiu um bafo carniceiro. Trincando os dentes, fechou os olhos e tentou rezar. Era a única sobrevivente da família. Até quando? O Livro de Eclesiastes dizia haver um tempo determinado para cada coisa debaixo do céu: tempo de nascer e tempo de morrer; tempo de plantar e tempo de colher o que se plantou. Estaria na hora de morrer? Reagiu com um berro quando alguém lhe tocou o ombro.

— Calma! Sou eu — Sofia segurava uma bolsa. — Eles já foram, mas vão voltar. Estão destruindo a cidade inteira. Ponha este casaco e estes sapatos. Vamos embora daqui.

Klara conseguiu perguntar pelos documentos de viagem.

— Estão comigo — Sofia respondeu, pisando em cacos e tecidos. — Vamos. Depressa!

Correram de mãos dadas, desviando de entulhos e focos de incêndio. Baderna na Kaiser-Wilhelm-Strasse. Morte aos judeus, gritavam ao longe. Roupas de uma loja eram atiradas num canal. Fogo na oficina de um sapateiro judeu. Insurreição, vitrines apedrejadas, sirenes do corpo de bombeiros. Klara viu uma mulher em pânico enquanto uma corja de brutamontes espancava o marido. Continuaram correndo de mãos dadas, nenhuma porta hospitaleira para acudi-las. Atravessaram o Parque Elba. Fogueiras amarelavam os céus de St. Pauli. Tropas uniformizadas tomavam a Reeperbahn; um rapaz mirava sua espingarda contra os letreiros de um cabaré. O Alkazar e o Trocadero estavam lacrados. Camisas-pardas atiravam tochas acesas numa tabacaria. Klara cambaleava, puxada por Sofia:

— Em frente! Vamos!

Viraram à esquerda, percorreram uma rua esburacada até a esquina com a Herbertstrasse. Bateram em todas as portas da rua das prostitutas, ninguém atendeu. Sofia implorava socorro, Klara mal conseguia respirar. Seus pés sangravam no piso frio porque os sapatos tinham ficado pelo caminho.

— Entrem! Entrem! — alguém chamou do bordel onde Sofia havia trabalhado.

— Estão depredando casas e lojas de judeus em toda a Alemanha — avisou uma cafetina. — É a guerra! A guerra!

Klara e Sofia foram levadas por uma escada espiralada até o último andar. O bordel estava lotado de mendigos, judeus, prostitutas, famílias. Muitos vestiam pijamas e camisolas, surpreendidos pela barbárie no meio da noite. Uma multidão se apertava na suíte que Sofia havia ocupado. As duas se agacharam perto da janela que dava para os fundos do prédio. Sim, a guerra havia começado. França, Inglaterra e Estados Unidos mandariam tropas para derrubar Hitler. Suas atrocidades tinham os dias contados. Sofia conferiu os documentos na bolsa: passaportes, passagens e dinheiro. Voltar para casa era impossível. Viajariam com a roupa do corpo.

Explosões no térreo. Luzes se apagaram. Um senhor judeu acendeu uma vela e começou a rezar. Cheiro de coisa queimada. Fumaça entrando pelas frestas da porta. Calor. Desespero na escuridão. Alguém abriu a porta e fuligens incandescentes invadiram o quarto. Uma coluna de fumaça negra subia pelo vão da escada. Corre-corre. Asfixia. Crianças chorando, adultos berrando e se debatendo, querendo descer a qualquer custo. O corrimão cedeu e pessoas despencaram no vão. Sofia arrombou a janela que dava para os fundos e se atirou num telhado. Klara não se moveu, grudada ao parapeito. Sofia arrancou a amiga do prédio:

— Vamos fugir!

Escalaram uma superfície inclinada e escorregadia. Outra explosão dentro do prédio. Mais gritos. A escada espiralada tinha desmoronado. Klara tropeçou numa telha e machucou o tornozelo.

— Vamos voltar — implorou num fio de voz.

— Não podemos! — Sofia respondeu. — O prédio está pegando fogo!

Klara tossia muito:

— Estou tonta.

Ajoelhada, cobriu o rosto com as mãos. Sofia a segurou com força:

— Vamos! Levante-se.

— Não aguento...

— Tem que aguentar! Levante-se!

Klara conseguiu ficar de pé, mas resfolegava com a mão no peito:

— Está doendo.

— Venha comigo.

Mais alguns passos e Klara tombou de novo na superfície inclinada. Sofia tentou puxá-la pelo antebraço, mas a amiga era um peso morto.

— Vamos, Klara! De pé! *Schnell!*

Sofia nunca soube o que aconteceu. Klara não reagiu. Deslizou, rolou pela telha e despencou num fosso entre o bordel e um prédio vizinho. Sofia conseguiu ver a amiga estirada lá embaixo. Sangrava muito, movendo as pernas. Sofia gritava por socorro quando uma parede em chamas desabou no fosso com um ruído grave, espalhando fumaça e poeira. Klara fora soterrada da cintura para cima. Suas pernas já não se mexiam. Estava morta.

Capítulo 20

Alemanha, 2013

Saltamos na Estação Central de Hamburgo às oito horas da noite. Foi uma viagem bonita, com muitos vales e aldeias na região de Hessen. A temperatura baïxou e o céu nublou nas planícies do norte alemão. Hugo chegou a dormir com a poltrona reclinada e os pés numa almofada. Bem-humorado, dispensou a ajuda de um carregador na estação e fez questão de levar sua maleta e um cabide com ternos até o ponto de táxi. Passamos por um bairro com letreiros em árabe e ruas movimentadas. Eu tinha feito reservas num hotel distante do Centro por razões estratégicas: não queria Hugo andando por aí, na mira de estranhos.

Ficamos em quartos conjugados no vigésimo andar de um prédio moderno. Eram aposentos enormes, quase apartamentos, com banheiros e minicozinhas pré-moldadas em fibra de vidro. Hugo descalçou os sapatos e puxou as cortinas de uma janela panorâmica. Luzes vermelhas piscavam nos guindastes da região portuária. À direita, um trecho do

Lago Alster. Lanchamos no quarto, Hugo tomou um banho quente, vestiu um pijama e adormeceu docemente. No relógio, dez horas.

Saí do quarto na ponta dos pés e pedi às recepcionistas do saguão que proibissem "meu avô" de deixar o hotel. Visitas tampouco estavam autorizadas. Do táxi, telefonei para vovó:

— Em vinte minutos estarei aí.

Passamos pela famosa Reeperbahn. Restaurantes, bancos, hotéis, teatros, sex shops: St. Pauli tinha seu charme boêmio, mas era basicamente um bairro de classe média com letreiros e vitrines luminosas que se esforçavam para evocar as velhas transgressões.

Vovó sabia que eu trazia novidades e dúvidas relevantes, a começar pela morte de Klara Hansen. Como, por que, onde? Eu ruminava o assunto há vinte e quatro horas. As duas eram amigas, amicíssimas, e o livro marrom descrevia em detalhes seu desespero ao ver Klara morta no fosso do bordel na Herbertstrasse. Em choque, vovó perambulou pelos telhados de St. Pauli até uma janela socorrê-la. Quiseram lhe dar um banho, ela recusou. Quiseram lhe dar comida, também não quis. Só bebeu um copo d'água e aceitou um casaco de lã para cobrir o vestido chamuscado.

* * *

Saiu pelas ruas agarrada à bolsa, melada de suor, os cabelos sujos de fuligem. Tossia muito e a garganta ardia. O bordel soltava fumaça pelas janelas. No Centro, destroços e vitrines quebradas. Vovó viu o dia clarear na Praça Adolf Hitler, entre andarilhos desolados. Na Mönckebergstrasse, ouviu sirenes policiais e o alarido de curiosos em torno de uma loja saqueada. Um garoto vendia jornais com a fotografia do secretário

Ernst vom Rath. Duas mulheres choravam com bebês nos braços. Caminhões do corpo de bombeiros congestionavam uma rua próxima. Era a Grosse Bleichen.

Uma multidão acompanhava o trabalho dos bombeiros no rescaldo da Maison Hansen. O prédio estava intacto, mas havia máquinas e móveis despedaçados pela calçada. As costureiras do ateliê assistiam à cena, contidas por um cordão de isolamento. Um veículo policial estacionou com estardalhaço e quatro homens saltaram para auxiliar a remoção do cadáver do comissário Bauer.

Sofia caiu fora dali. Num café, ouviu um locutor de rádio instigar o povo a combater a "chaga judaica". Milhares de judeus haviam sido linchados e presos naquela noite em toda a Alemanha. O recado estava dado. Uma vinheta estridente interrompeu o noticiário para anunciar a morte do comissário Bauer e comunicar que a modista Klara Hansen era procurada em todo o território nacional. Sofia trancou-se num banheiro e camuflou os ferimentos com pó de arroz. Estava assimétrica, com um olho inchado. Foi direto para o cais, rezando para conseguir embarcar no *Cap Arcona II*.

Saguão lotado, empurra-empurra, multidões apavoradas querendo viajar. Sofia viu uma fotografia de Klara nas mãos de um oficial e lembrou que carregava os documentos da amiga na bolsa. Deixou o saguão sorrateiramente. A Herbertstrasse não ficava longe dali. Três ou quatro quadras, no máximo. Encontrou a rua emporcalhada e deserta. Fez o que deveria ser feito e acionou a polícia, afinando a voz num telefone público: Klara Hansen havia morrido num beco, soterrada pelos escombros do número vinte e dois na rua das prostitutas. Seus documentos estavam perto do corpo. Voltou correndo para o cais, no sentido contrário às sirenes policiais.

Enfrentou filas e ritos intermináveis. Um guarda analisava seu passaporte quando avisaram que o corpo de Klara Hansen fora encontrado. Fúria e alívio. Sofia respondeu a uma saraivada de perguntas, inclusive sobre as feridas no rosto. Contou que era *Mischling* e que fora agredida por rapazes da Juventude Hitlerista. Sim, deixava o Reich para sempre. Sim, sabia que seria presa se tentasse retornar ao país. Um guarda se impressionou com a truculência dos rapazes: a moça estava desfigurada. Sofia recebeu o passaporte carimbado depois de assinar declarações que nem leu direito. Disparou para o navio e se trancou numa cabine de segunda classe.

Só destrancou a cabine à noite, quando o navio apitou em mar aberto. Faminta, informou seu nome para o funcionário que controlava a entrada do refeitório. Uma senhora vibrou:

— Sofia Stern, a filha do afinador cego? Veja, Markus. Claro que me lembro de você, queridinha. Morávamos em Mundsburg e você adorava brincar com nossos cachorros. Rita e Markus Silverstein. Por que está tão machucada? Oh, monstros malditos! Estamos livres deles, Deus seja louvado! Também vai para o Brasil? Que coincidência incrível! Seguramos você no colo. Perdemos contato com seu pai porque vendemos o piano há uns dez anos. Ou mais?

Foi assim que vovó fez amigos no navio. Por intermédio deles conheceu meu avô no cais da Praça Mauá, em dezembro de 1938, três semanas depois de zarpar de Hamburgo.

● ● ●

O recepcionista do Residencial Augustinum ligou para o quarto 1101, intrigado com a visita tardia. Autorizada a subida, digitei o número onze no elevador e encontrei a porta do quarto entreaberta. De penhoar, vovó se estirava numa *chaise longue* de frente para a janela. Sem preâmbulos:

— O que aconteceu na Suíça?

Sentei ao seu lado.

— Encontrei Hugo Hansen em Basileia. Ele veio comigo para Hamburgo.

Vovó não esboçou surpresa.

— Hugo vai nos ajudar no processo do Hamburger Alsterbank — continuei. — Ele quer muito vê-la. Posso trazê-lo aqui amanhã?

Ela acendeu um cigarro, levantou-se da *chaise longue* e pegou uma joia numa penteadeira: uma corrente de ouro com um trevo de âmbar.

— Ganhei de Charlotte, não é lindo? Ela vem me visitar todos os dias — e se contemplou no espelho da penteadeira.

— Hugo fugiu de Dachau em 1937 e você deveria saber disso.

Ela pôs o cigarro num cinzeiro e me encarou com espanto:

— Como assim? Saber o quê?

— Um farmacêutico suíço chamado Otto Schellenberg veio para Hamburgo e teria contado para você que Hugo estava em Basileia.

— Otto Schellenberg? Não sei quem é.

— Você teria dito a ele que os jornais de Basileia anunciariam sua chegada.

Não havia blefe nem exagero em sua perplexidade:

— Fui traída.

— Traída por quem?

A suspeita me beliscou: Klara Hansen. O farmacêutico conversara com a amiga de vovó, não com ela. A verdade vinha à tona com setenta e cinco anos de atraso. Desviei o olhar para uma gravura bege com ondulações abstratas. Acima dela, outra gravura em tons azulados. Era um quarto neutro, bom para acalmar nervos extenuados.

— Por que você matou Klara Hansen?

A pergunta me saíra à queima-roupa. Eu já me arrependia da grosseria ao escutar:

— Por amor.

— Amor?

— Amor.

— Amor a quem?

Ela não respondeu. Eu precisava entender seus motivos — se é que eles existiam. Talvez houvesse uma razão íntima para o crime. Amores podem ter proles bastardas.

— Mande ele vir às onze horas. Vou passar antes no cabeleireiro. Aqui no prédio tem um salão ótimo.

Dei um suspiro feliz:

— Quer que eu durma com você?

— Prefiro ficar sozinha — e pegou um vestido no armário. — Gosta disso ou devo usar algo mais leve?

— Aquela roupa de linho combina com o trevo de âmbar. Se fizer frio, ponha seu casaco marrom. Você fica bem de marrom.

— Vou realizar um grande sonho graças a você. Obrigada.

Foi um abraço emocionado. Minha avó era uma mulher admirável e eu me orgulhava de sua coragem:

— É uma honra realizar seu sonho.

— Sonho de uma vida inteira.

Na hora da despedida:

— Faça-me um favor, vovó. Não fale sobre a morte de Klara nem com Hugo, nem com Charlotte, nem com ninguém.

— Fique tranquilo: quem vai fazer isso é você. — E me beijou com um sorriso tênue: — Se você quiser, naturalmente.

Era uma frase estranha, mas amistosa. Deixei o quarto emocionado. O amor entre Hugo e minha avó havia durado mais do que vidas inteiras. Um romance épico, heroico — e inacabado. No dia seguinte, os dois enfim estariam juntos — como, aliás, nunca deixaram de estar.

Capítulo 21

Hugo Hansen me aguardava ao lado da cama quando o despertador tocou. Terno azul-marinho, camisa branca, gravata vermelha, perfume cítrico, estava ansioso para o encontro com minha avó. Tomamos café da manhã no refeitório do hotel, ele mais animado que eu. Conversamos sobre a Segunda Guerra Mundial e Hugo disse que Basileia era um vespeiro de espiões, sem vaga para santos e idiotas. Soviéticos, ingleses, poloneses, norte-americanos, franceses, belgas, holandeses: ninguém confiava em ninguém, todos dependiam de todos. Hugo trabalhou como garçom, leiteiro, motorneiro, estivador. Dormia em pensões baratas e amou belas mulheres. Lia os jornais com uma astúcia capaz de decifrar um código infiltrado em anúncios fúnebres, após perceber que as idades dos falecidos formavam uma sequência de números primos. A descoberta foi repassada para um amigo que frequentava o consulado britânico. No mês seguinte, o cônsul recebeu Hugo para um *tea for two*. Sua esperteza havia desfiado uma meada envolvendo simpatizantes de Hitler e colaboracionistas franceses na Suíça.

Contratado pelos britânicos para forjar códigos e mensagens sem nexo, Hugo aprendeu inglês em aulas secretas e cumpriu o ofício com capricho. No auge da guerra foi incumbido de sanar um "grave incidente": agentes de Berlim tinham obtido projetos secretos de canhões encomendados pelos britânicos à indústria suíça Oerlikon. Hugo deveria elaborar um dossiê contradizendo as informações fornecidas aos alemães. O dossiê seria entregue a um espião aliado que, em tese, trabalhava para Hitler. Hugo consultou engenheiros e produziu um calhamaço misturando os projetos secretos com táticas grosseiras de contrainformação. O intuito era justamente destruir a credibilidade dos projetos para ludibriar a Inteligência Alemã. O dossiê tinha uma tabela com peças padronizadas da Oerlikon, como se fossem itens de alta confidencialidade. A farsa foi um sucesso: os alemães desprezaram os projetos e ainda riram do suposto amadorismo da contraespionagem britânica.

Hugo teria feito muito mais pela causa aliada, não fosse a torturante saudade de Sofia. Será que ela estava viva ou morta? Onde? Como? Por que não dava notícias? Pouco lhe importou o ataque a Pearl Harbor em 1941. Pouco lhe importou a Batalha de Stalingrado entre 1942 e 1943. Reconquista da Itália? Invasão da Normandia? Bombardeios em Basileia em 1945? Hugo queria notícias de Sofia, o resto era o resto. E foi de resto em resto que os jornais divulgaram a derrocada alemã em maio de 1945.

Três meses depois, Hugo reuniu forças para ir a Hamburgo e apurar o que teria acontecido com a mãe, a irmã e Sofia. Não havia estrada transitável na Alemanha e o Rio Reno era um amontoado de escombros. A solução foi pedalar na França, desviando de crateras e sucatas na estrada para a cidade-fortaleza de Neuf Brisach. Hugo dormiu num hotel com buracos na parede e torneiras secas. No dia seguinte, maltrapilhos roubaram sua bicicleta e a mochila com mantimentos. Hugo pegou carona de charrete até a cidade de Colmar, passou a noite numa tenda da Cruz Vermelha francesa e seguiu para o norte na boleia de caminhões civis e militares. Viu uma catedral bombardeada, viu mutilados errantes, viu ossadas de cavalos ainda atreladas a carroças. Bebeu água suja, comeu porcarias, passou frio e conseguiu chegar ao porto belga de Antuérpia. Zarpou num vapor português para a Alemanha, trabalhando como marinheiro.

Saltou em Hamburgo numa tarde quente. Famílias se amontoavam em terrenos baldios, acendendo fogueiras e revirando lixo. Soldados ingleses controlavam o tráfego de bicicletas e veículos militares. A Igreja de São Nicolau estava arruinada. Pelos muros, fotografias de gente desaparecida.

Hugo foi até a Grosse Bleichen. Garimpeiros fuçavam prédios desmoronados atrás de objetos negociáveis em rodas de escambo: joias, medalhas, relógios, sapatos. No lugar do ateliê, um platô com ferros retorcidos. Uma moça seminua se aproximou falando polonês. Muito magra, empurrava um carrinho de bebê carregado de destroços. Hugo lhe ofereceu cigarros, ela baixou a calcinha e apontou seus sapatos. Queria se prostituir em troca de um calçado. Ele recuou e foi xingado aos berros.

Numa delegacia, preencheu formulários com o nome da mãe, da irmã e de Sofia. Consultou repartições, conversou com transeuntes, ouviu relatos sobre o declínio do Terceiro Reich. Bandeiras, documentos, fotografias, cartazes eram queimados a toque de caixa enquanto tropas inimigas avançavam. Ninguém queria deixar rastros comprometedores nas cidades arrasadas. Hamburgo era uma calamidade quando os tanques vencedores desfilaram nas ruas. Semanas depois, crianças jogavam bola com soldados britânicos e mulheres barganhavam legumes nas feiras.

Um dia chamaram Hugo a um escritório da Cruz Vermelha para informá-lo de que a irmã havia morrido num incêndio em novembro de 1938. Seu corpo teria sido enterrado num cemitério de indigentes, sem formalidades que permitissem a localização da sepultura. Martha Hansen havia morrido meses antes da filha e estava enterrada no cemitério de Ohlsdorf. Hugo visitou o túmulo da mãe e encomendou uma placa igual para a irmã. Faria o mesmo por Sofia se ela estivesse morta. Ou comprovadamente morta. Estrela Polar? Sofia Stern? Ninguém ouvira falar nela em St. Pauli ou no Grindel.

Pouco antes de voltar para a Suíça, Hugo foi chamado a uma repartição da Inteligência Britânica e recebeu um pacote com relatórios, fotografias e artigos jornalísticos. Klara e Martha Hansen haviam sido investigadas pela Gestapo entre 1935 e 1938. Um memorando chegava a descrever o vestido de Klara num coquetel do governo. Laudo: vulgar e excessivamente francês. Um envelope com a insígnia do Terceiro Reich continha declarações tributárias da Maison Hansen. Num exemplar da revista *Die Dame*, Klara e Martha posavam para uma coluna social.

Hugo partiu para a Suíça sem notícias de Sofia. Em Basileia, conferiu todos os jornais do mês anterior: nenhuma menção à Estrela Polar. Quase setenta anos mais tarde, voltava comigo a Hamburgo.

Ajustando o nó da gravata vermelha, olhou o relógio do refeitório: nove da manhã. Faltavam duas horas para o encontro com minha avó.

— Podemos fazer uma visita nesse intervalo.

Tomamos um táxi para o cemitério de Ohlsdorf e seguimos pela orla do Lago Alster. No caminho, Hugo comprou três vasinhos de petúnias numa floricultura. Chegando ao cemitério, orientou o taxista sobre o local dos túmulos de Klara e Martha.

— Estive aqui pela última vez em 1945.

— Mas mandou flores depois disso...

— Nunca mandei flores para cá.

— Como não? Os túmulos de Klara e Martha receberam flores durante anos.

— Não fui eu quem mandou.

Quem poderia ter feito aquilo, a não ser Hugo? Algum admirador secreto? Charlotte Rosenberg sequer sabia que os túmulos existiam. A dedução me arrepiou: o filho nascido na clínica de Steinhöring. Por que não?

Ajoelhado no jardim, Hugo colocou as petúnias sobre as placas de granito. Achei melhor deixá-lo em paz e fui conversar com o taxista, que fumava encostado em sua Mercedes bege. O Residencial Augustinum ficava do outro lado da cidade; levaríamos uns quarenta minutos até lá. Uma névoa úmida recobria os gramados de Ohlsdorf. Hugo parecia afagar os túmulos de modo estranho, sujando as mãos de terra. Só então percebi que ele cavava um buraco.

— Pare com isso, Hugo!

Ofegante, ele tirou o paletó, arregaçou as mangas da camisa e continuou a escavar a terra em torno do túmulo de Klara.

— O que está fazendo? Pare com isso, pelo amor de Deus!

O taxista veio correndo e falou alguma coisa em alemão. Hugo não reagiu.

— Vamos embora! Vovó está nos esperando!

Algo estranho despontou no buraco. Uma superfície plana. Uma caixa de ferro enferrujado. Hugo limpou a tampa.

— Está tudo aqui.

— Tudo o quê?

— Eu mesmo enterrei esta caixa em 1945. São os documentos com as investigações da Gestapo sobre Klara e minha mãe. Isto vai ajudá-lo a defender seus direitos.

Fiquei assombrado. A caixa pesava um bocado com sua estrutura de metal oxidado. O taxista desviou de um engarrafamento e contornou a cidade por uma via expressa que passava perto do aeroporto. Hugo não falava nada, as mãos imundas e a camisa amarrotada. No colo, o terceiro vaso de petúnias para minha avó. O taxista ouvia uma música infernal intercalada com mensagens de rádio. O que havia naquela caixa?

Chegamos ao Residencial Augustinum antes das onze horas. Hugo foi se limpar no banheiro e pedi uma chave de fenda na recepção. Claro que eu deveria fazer aquilo noutro momento, mas a ansiedade falava mais alto. Sentado num sofá, tentei enfiar a chave de fenda nas brechas do ferro oxidado.

— Por que não faz isso depois? — Hugo voltava impecável do banheiro.

Era um saguão de luxo. Um grupo de idosos ia passear de barco no Rio Elba. Todos usavam bonés azuis. O atendente da recepção me ofereceu ajuda, incomodado com a sujeira que eu fazia. Farelos marrons manchavam o sofá. Recusei a ajuda, forçando a chave de fenda entre a tampa e a base da caixa. No relógio, quase onze horas. O atendente se afastou educadamente e foi orientar um eletricista que trocava uma lâmpada. Um garçom trouxe água para Hugo e um faxineiro veio varrer os farelos da caixa, que se abriu com um rangido estridente.

A águia nazista me interpelou com a suástica nas presas. Lá estava o Terceiro Reich, vívido e cinzento. Olhei em volta para evitar intrusos. A excursão de idosos já havia partido. Na caixa de ferro, um maço de fotografias em preto e branco. Vovó usava um vestido de gala num recorte de jornal.

— Cadê as fotos de Klara?

Hugo pegou o recorte e apertou os olhos.

— Esta é Klara.

Noutro retrato, vovó sorria ao lado de um homem fardado. Gustav von Fritsch. Comecei a passar mal:

— Tem certeza?

— Lógico! Veja Klara e minha mãe.

Agora vovó posava com uma senhora de cabelos negros.

Minha memória é difusa a partir deste ponto. Lembro apenas que invadi o elevador panorâmico e apertei o número onze. Eu enxergava nódoas, apoiado na parede de vidro. As portas se abriram com um anúncio sonoro. Disparei pelo corredor e esbarrei numa arrumadeira com um carrinho de toalhas. Não pedi desculpas. A porta da suíte estava entreaberta.

— Vó?

Ninguém no quarto. Entrei no banheiro:

— Vó?

Banheiro vazio.

— Vó!

Puxei cortinas, abri armários, derrubei uma jarra com folhas secas. A arrumadeira não entendeu meu inglês. Falei com gestos, ela acenou negativamente. Voltei para o quarto:

— Vó!

Teclei o número da recepção no telefone à cabeceira da cama. Será que ela estava no cabeleireiro? No chão, lápis coloridos e pontas de cigarros. Perto do telefone, um envelope com o meu nome. Larguei o telefone e abri o envelope.

Dez minutos depois eu olhava a paisagem com uma carta na mão. Um navio cargueiro apitava no Rio Elba. Os tons do dia variavam entre o cinza e o tijolo. Havia verde na outra margem do rio. Lá embaixo, um barco turístico com bandeirolas amarelas. No jardim do hotel, bancos de madeira. Hugo Hansen ocupava um banco com seu vaso de petúnias. Talvez ele olhasse o navio cargueiro à espera de minha avó.

Capítulo 22

Hamburgo, 1º de novembro de 2013

Ontem você perguntou por que matei Klara Hansen. Matei Klara por amor.

Por amor a Sofia.

Quase me atirei daquele telhado para morrer com ela. Mas mudei de ideia. Decidi viver no lugar dela.

Não pude buscar as joias no banco porque a polícia estava atrás de mim. Cortei o cabelo para ficar parecida com Sofia, cheguei a queimar as pontas. Viajei com seus documentos e ela morreu com os meus. Sofia me deu seu corpo e lhe dei minha alma. Ou o contrário.

Ela não disse que Hugo estava vivo na Suíça. Escondeu isso de mim. Eu também escondi uma coisa de você.

As joias no cofre não eram minhas.

O sr. Fischberg preparou os documentos e imitei as assinaturas de seus clientes nos contratos. Era um modo de indicar os donos das peças. Judeus, todos judeus. Tinham fugido da Alemanha sem levar as joias, que ficaram guardadas com o sr. Fischberg. Só que ele também fugiu e deixou as joias comigo.

Minhas únicas joias ficaram em Roterdã porque eu nunca soube onde estavam.

Preferi esquecer o assunto. Não queria mexer no passado.

Nunca gostei da Fábula da Cidade Mascarada porque ela diz que as pessoas são perversas. Seu tio-avô pensava assim. Talvez ainda pense. Eu não penso. Há pessoas honestas no mundo e você é uma delas. Sei que dará o dinheiro do banco para os donos das joias.

Estou feliz. A idade me ensinou a esquecer as coisas. A esquecer o passado. A esquecer Sofia. Fiz uns versos sobre isso, está lembrado?

Em que momento a perda acontece? Sim, existe o milímetro a partir do qual o amor se esvai, a queda é fatal, a jornada é impossível. Que milímetro é esse? Qual é o nome da unidade que põe fim ao sentimento, à esperança, à razão, à memória? Quando se dá o último espasmo, o adeus sem glória daquela lembrança inútil que agonizava na véspera do esquecimento, resignada ao momento preciso que nos aguarda a todos?

Auf Wiedersehen! Estou indo embora. Preciso realizar meu sonho antes de esquecê-lo. Nunca achei que pudesse fugir de Hamburgo no porão de um navio cargueiro. Pois aconteceu, está acontecendo. Graças a você.

Obrigada!

Klara Hansen

Capítulo 23

Não estou me sentido bem. Como dar a notícia para Hugo? A verdade é que Sofia ainda pode estar viva. Não existem indícios de que ela tenha morrido. Principalmente se eu rasgar esta carta agora.

Vejo o desenho de uma joia e uma caligrafia igual à da carta-testamento de 1938. É a letra de Klara. Anel de ouro branco com diamante azul. Lapidação retangular. Diamante 12 quilates. Ouro 14 quilates. Hamburgo, 05 de outubro de 1938. Vendedores: Isaac e Hilda Epstein. Valor: mil e trezentos marcos do Reich.

Muitas pessoas mudaram de identidade depois da Segunda Guerra. Muitas já haviam mudado depois da Primeira Guerra. Pobre vovó. Como suportar a vida sem as bênçãos do autoengano e do esquecimento seletivo? Estou passando mal.

Outro desenho. Cinco broches em estilo *art nouveau*. Formatos de mariposa, borboleta, peixe, lagarta e cavalo-marinho. Platina, esmeralda, rubi, safiras amarelas e azuis. Vidro fosco. Marfim. Obras de René Lalique. Hamburgo, 13 de outubro de 1938. Vendedor: Hermann Deutscher. Valor: quatro mil e quinhentos marcos do Reich.

Relógio Cartier masculino de ouro 18 quilates com diamantes sul-africanos. Hamburgo, 19 de outubro de 1938. Vendedor: Simon Gradstein. Valor: mil e trezentos marcos do Reich.

Estou tremendo. Preciso conversar com Hugo. Vejo um colar de rubis. Penso no retrato de vovó em nossa sala, ela num vestido de seda com luvas até os cotovelos, cabelos longos e ondulados. No pescoço, rubis Sangue de Pombo. Eu tinha uns cinco anos quando perguntei quem era a mulher do retrato. Vovó sorriu, sem responder. Fiquei horrorizado ao entender a verdade. É que, para mim, ela era e sempre havia sido uma avó, minha avó, curvada e tristonha em seus trajes de idosa. Aquele menino assustado ainda vive dentro de mim. Quando ele pergunta quem sou eu, sorrio sem responder. Um dia estaremos juntos diante de um homem velho. Perto do homem, outra criança verá nossos retratos e perguntará: quem são eles, vovô? Todos sorriremos sem responder.

Alianças de ouro branco Boucheron. Hamburgo, 30 de setembro de 1938. Vendedores: Karl e Anna Finkelstein. Valor: novecentos marcos do Reich.

Prendedor de gravata, duas gargantilhas de pedras indianas, um bracelete. Ouvi falar de uma czarina que sentia dores terríveis na cabeça. As dores só diminuíam quando ela usava uma tiara de pérolas e diamantes que o czar lhe dera de presente.

Edgar Roitberg. Acho que vi esse nome no processo do Hamburger Alsterbank. Seus filhos e netos diziam ser donos de uma pulseira de Van Cleef & Arpels. Incrustação *Serti Mystérieux*.

Hamburgo é uma cidade bonita. O navio cargueiro já foi embora. A indústria Airbus tem uma fábrica de aviões do outro lado do rio. O que a juíza Julia Kaufmann faria no meu lugar?

O último desenho não é de uma joia. Vejo uma mulher linda. Lindíssima. Sofia Stern.

Hugo espera minha avó lá embaixo. Em seu colo, um vaso de petúnias. Pingente de Archibald Knox. Onde deixei a caixa de ferro com os documentos? Será que meu tio de Steinhöring está vivo? Topázio em forma de pera. Abotoaduras Bulgari. Preciso ligar para Charlotte. Que horas são?

Hugo Hansen é um homem bom. Também sou um homem bom. Hugo não tem medo do improvável. Eu tenho. Hugo ainda lerá muitos jornais enquanto a morte de Sofia não for comprovada — se é que ela morreu. Ou que nasceu. Será que Sofia Stern existiu? Acho que vou rasgar esses papéis. Por que estou tremendo tanto?

Este livro foi composto na tipologia Warnock Pro
Regular, em corpo 11/15, e impresso em
papel off-white no Sistema Cameron da
Divisão Gráfica da Distribuidora Record.